Walther Kabel
Das Haus am Mühlengraben

Die Deutsche Nationalbibliothek verzeichnet diese Publikation in der deutschen Nationalbibliografie; detaillierte bibliografische Daten sind im Internet über http://dnb.ddb.de abrufbar.

©Abentheuer Verlag Digital
Berlin 2024
Alle Rechte dieser Textfassung vorbehalten
Textbearbeitung von Karl Ernst Horbol
Covergestaltung von Tibor Horvath

Erstausgabe „Das Haus am Mühlengraben" im Verlag moderner Lektüre
Berlin 1920

ISBN 978-3-945976-94-4

www.abentheuerverlag.de

Walther Kabel

Das Haus am Mühlengraben

in einer überarbeiteten Fassung

von

Karl Ernst Horbol

Kriminalroman aus der Reihe

Vergessene Bücher neu entdeckt

№ 4

Cover der Erstausgabe von 1920

Der Hut

Karl Linker war schon oft genug in Leubeneck gewesen, wenn auch nur immer für einige Tage. Aber dass die alte Hafenstadt so viele wirklich poetische Winkel besaß, hatte er noch nicht gewusst. Dies wurde ihm jetzt erst an diesem prächtigen, von Frühlingsahnen erfüllten Apriltag klar, als er nach einem möblierten Zimmer suchte. Die neueren Stadtteile mied er hierbei. Zum einen waren ihm dort die Wohngelegenheiten zu teuer – er musste sehr sparen – zum anderen aber entsprach es weit mehr seiner ein wenig romantisch angehauchten Natur, möglichst in einem dieser alten Häuser mit gewundenen, dunklen Treppen, kleinen Fenstern und dem ganzen nicht näher zu beschreibenden Hauch einer wechselvollen, langen Vergangenheit ein Unterkommen zu finden.

Die Kirche mit dem verwitterten, massigen Turm, vor der er jetzt stand, hatte seine Aufmerksamkeit einige Zeit in Anspruch genommen. Dann hörte er irgendwo in der Nähe ein dumpfes Rollen, Rumpeln und Brausen, ein seltsames Gemisch ineinanderfließender Töne, über deren Bedeutung er sich nicht klarzuwerden vermochte.

Vor der Kirche erweiterte sich die Straße zu einem weiten Platz; eine Raumverschwendung inmitten dieses ältesten Stadtteiles mit seinen engen, winkligen Gassen, schmalen, düsteren Kanälen und kleinen Häuschen, zwischen denen sich nur hie und da ein anderes Gebäude erhob, das dann irgendwie gar nicht hineinpasste in diese idyllische Umgebung mit seiner breiten, protzigen Front und der pragmatischen Nüchternheit seines Stiles.

Der junge Jurist lauschte noch immer diesen merkwürdigen Geräuschen nach. Jetzt glaubte er zu wissen, woher sie kamen; von drüben, wo sich jenseits des Kirchenplatzes ein freistehendes, uraltes Bauwerk mit Spitzdächern und Türmchen erhob. Und nun besann er sich; das war ja die „Große Mühle", eine der vielen Sehenswürdigkeiten des Ortes, die noch aus dem fünfzehnten Jahrhundert stammte und über einem Kanal errichtet war, der mitten durch ihre untersten Räume mit starkem Gefälle hindurchströmte und die Schaufelräder in Gang setzte, die ihre Kraft an die Mühlsteine weitergaben, die das Getreide in staubfeines Mehl zerkleinerten. Der dumpfe Lärm, fast dem Brausen einer Meeresbrandung vergleichbar, war eine Symphonie von Wassermassen und Maschinengepolter.

Linker schritt nun mit suchendem Blick die schmale kopfsteingepflasterte Straße rechts des Mühlengrabens entlang, schaute die Häuschen mit den halbblinden Fenstern und den verwitterten Türen an und blieb dann mit einem mal stehen.

Vor ihm ragte ein Haus im Baustil des Daches ähnlich der Großen Mühle ein Stück über die Nachbargebäude hinweg. Eine ausgetretene Steintreppe mit fünf Stufen führte zu einer schweren, tief nachgedunkelten und mit eisernen Ziernägeln beschlagenen Tür empor, an deren einer Stelle eine weiße Papptafel an einem Stück Bindfaden baumelte und aufdringlich mit großen gedruckten Buchstaben verriet, dass hier ein möbliertes Zimmer zu vermieten sei. Etwas unbeholfen wirkende Schriftzüge mit Tintenstift hingekritzelt unter den Druckzeilen besagten weiter, das Zimmer wäre ab sofort zu haben „auch mit voller Pension und Wäsche unten rechts bei Kunath".

Linker besann sich nicht lange. Zwei Stunden war er nun schon auf der Suche, vorhin hatte die Turmuhr der Kirche bereits zwölf geschlagen, und sein Magen meldete sich immer eindringlicher. Er stieg die Steintreppe empor, öffnete die Haustür, neben der sich zu beiden Seiten schmale, vergitterte Fenster befanden, und betrat den Hausflur, der mehr den Namen Diele verdiente und in einem geheimnisvollen Halbdunkel wie im Märchenschlaf dahindämmerte. Der Fliesenboden, die breiten Schnitzereien über den Türen, die rechts und links in die beiden Erdgeschosswohnungen hineinführten, die breite Treppe mit dem altertümlichen, soliden Geländer im Hintergrund und ein eiserner Kronleuchter, der tief von der Decke herabhing, gaben dem Flur einen persönlichen Anstrich und benahmen ihm den Eindruck der Zugehörigkeit zu einem Miethaus. Außerdem herrschte hier noch ein eigentümliches Geruchsgemisch wie von Lavendel, trockenem Obst und ein wenig

Moder. Alten Häusern haftet manchmal ein derartiges, mit den Geruchsnerven wahrnehmbares Merkmal an als nicht gerade schätzenswerte Eigenschaft.

Der Assessor steuerte auf die rechte Tür zu. Eine verschnörkelte Messingplatte, knapp unter Augenhöhe befestigt, trug den Namen Ernst Kunath. Der vorsintflutliche Klingelzug, von Linkers Hand kräftig betätigt, weckte hinter der Tür in einiger Entfernung eine Glocke zu lautem Gebimmel, deren Ton an die Kuhglocken in den Alpen erinnerte und in ihm Erinnerungsbilder von grünen Almen mit Felsen und Tannen als Umrahmung erstehen ließ als lebendige Eindrücke einer Reise von der Universität Freiburg aus hinüber in die schneegekrönte Bergwelt der Schweiz.

Da öffnete sich leise knarrend die Tür einen Spaltbreit und es wurde undeutlich der Kopf einer zierlichen Frau sichtbar.

„Sie wünschen?"

Es war eine unaufdringliche, leise Stimme.

„Ich komme wegen des Zimmers."

„Bitte."

Die Tür ging ganz auf, nachdem eine Sicherheitskette leise klirrend entfernt worden war.

Hier in dem Wohnungsflur brannte an der Wand eine kleine Petroleumlampe. Eine Kommode versperrte halb den Weg. Daneben stand ein Kleiderständer. Auf der Kommode lag ein auffallend eleganter hellgrauer Damenfilzhut mit einer Garnitur gleichfarbiger Samtblumen. Was für ein schmuckes Stück, musste Linker denken. Einen solchen Hut zu tragen war der Wirtin des Hauses nicht zuzutrauen, nicht nur wegen ihres fortgeschrittenen Alters. Selbst für eine junge Frau mochte es dazu, zumal in so einem Provinzstädtchen, wohl einiges Mutes bedürfen. Ein recht appetitlicher Bratenduft erfüllte dezent den schmalen Gang, der sich nach hinten zu in einer grauen Dämmerung verlor. Die Frau verschwand in dieser Dämmerung, und Karl Linker tappte etwas unsicher hinter ihr drein, wobei er dachte, dass nach dem Geruch zu urteilen die Verpflegung bei Kunaths nicht schlecht sein könne, und sich ausmalte, wie angenehm es sein müsste, wenn er sich mit seinem knurrenden Magen hier gleich an einen gedeckten Tisch setzen könnte. Dann prallte er aber, geblendet von einer hellen Lichtflut, mit einem Mal zurück. Die Frau hatte eine Tür geöffnet, ganz weit. Ein Zimmer lag dahinter mit zwei Fenstern, die von draußen der strahlende Mittagssonnenschein traf, so dass helle, verzerrte Vierecke sich auf dem braun gestrichenen Fußboden abzeichneten. Mit einladender Handbewegung wurde der Assessor zum Eintreten aufgefordert. Hinter ihm zog die Frau die Tür zu und blieb abwartend daneben stehen, indem sie die Hände über der blauen Wirtschaftsschürze faltete. In der ganzen Erscheinung dieses kleinen Weibleins mit dem leicht ergrauten Scheitel und dem verhärmten Gesicht lag etwas Vertrauen erweckendes und gleichzeitig auch Mitleid erregendes. Die Falten um den Mund, auf der Stirn und um die Augen waren wie in die blasse Haut eingekerbt. Ihr Blick war offen, aber traurig und fast demütig. Linker hatte diese Einzelheiten flüchtig erfasst und wandte sich nun der Zimmereinrichtung zu. Alte Mahagonimöbel mit gestickten Deckchen, vergilbte Stahlstiche an den graublau tapezierten Wänden und ein großer Teppich, vermutlich eine Persernachahmung, verliehen dem länglichen Raum im Verein mit einigen Schmuckgegenständen, die mit Geschmack aufgestellt waren, die Behaglichkeit eines eigenen Heims und redeten in all ihrer spiegelnden Sauberkeit eine deutliche Sprache von vortrefflichen Hausfraueneigenschaften der Wirtin. Das Bett stand hinter einem hohen, sechsteiligen chinesischen Wandschirm aus feinem Geflecht. Jeder Teil hatte ein ovales Mittelstück von lackschwarzer Farbe, von der sich scharf goldene Phantasievögel abhoben. Der Assessor nickte zufrieden, ging an das eine Fenster und schaute hinaus durch den offenen, festgehakten Flügel auf den Kanal, in dem träge ein gelbbraunes Wasser dahinfloss. Der Kanal bespülte fast die Grundmauern, und, so malerisch auch dieser Wasserarm und die Aussicht auf die gegenüberliegenden Häuschen war, Karl Linker dachte sofort daran, dass das Zimmer vielleicht feucht sein könnte. Sonst gefiel es ihm ganz gut.

Bisher war zwischen ihm und der Frau noch kein Wort über den eigentlichen Zweck seines Besuchs gewechselt worden. Jetzt begann er zu fragen, dies und jenes, bis er genügend unterrichtet war. Frau Kunath, die Witwe eines Werkmeisters der im Besitz des Magistrats befindlichen Mühle, forderte für das Zimmer nebst voller Pension monatlich hundertzwanzig Mark einschließlich Bedienung und Besorgung der Wäsche, wie sie besonders betont hatte. Der Preis war dem Assessor ein wenig zu hoch. Er durfte höchstens hundertzehn Mark anlegen. Schließlich einigten sie sich auf hundertfünfzehn Mark, und Linker wollte dann gleich nachmittags einziehen. Als er sich schon zum Gehen wandte, meinte die Frau noch zögernd, sie nähme nur wirklich solide Herren auf. Sie hätte eine erwachsene Tochter und einen Sohn, einen angehenden Bankbeamten, und auf beider kindliche Harmlosigkeit müsste sie Rücksicht nehmen. Ihre Augen leuchteten stolz auf, als sie von ihren Kindern sprach. Überhaupt würde sie es nicht dulden, dass … na, der Herr Assessor verstehe wohl schon. Karl Linker nickte ihr lächelnd zu.

„Ich bin verlobt, Frau Kunath."

„Oh, schön. Ja, dann …"

Der Assessor reichte ihr die Hand. „Dann wären wir uns einig? – Ich schicke also gegen zwei Uhr durch einen Dienstmann meinen Koffer und den Schließkorb, die noch auf dem Bahnhof stehen. Ich bin nämlich erst heute Morgen hier eingetroffen."

Sie gab ihm noch den Haus- und den Wohnungsschlüssel, worauf er sich verabschiedete.

Nachdem er in einem Gasthaus am Bahnhof zu Mittag gegessen hatte, ließ er sein Gepäck nach dem Mühlengraben 9 bringen und packte dann in seinem neuen Heim gemächlich aus, legte sich gegen drei Uhr nach getaner Arbeit auf den Diwan und hielt einen kurzen Schlummer. Später ließ er sich von Frau Kunath den Nachmittagskaffee servieren, plauderte mit ihr ein wenig, erfuhr so, dass die Tochter Hildegard neunzehn Jahre alt war und Buchhalterin im städtischen Arbeitsvermittlungsamt sei, während der junge Kunath noch seine Lehrzeit bei der Ostbank für Handel und Gewerbe durchmachte. Nachher schlenderte er durch die Hauptverkehrsstraßen und über die vielen Brücken ziellos umher, eigentlich nur, um etwas körperliche Bewegung zu haben. Und er schickte seiner Braut eine Ansichtskarte.

Es geschah in der Langgasse. – Im Straßenleben von Leubeneck stellte diese Langgasse, an deren Südende sich das architektonisch imposante Rathaus mit dem sich davor erhebenden Merkurbrunnen befand, etwa dasselbe vor wie für Berlin der Kurfürstendamm, nur mit den nötigen Einschränkungen, was die Länge und Breite dieser Magistrale betraf. Die sogenannte „Lasterseite" war gedrängt voller Passanten.

Und hier unter der in zwei Strömen auf dem Bürgersteig sich aneinander vorbeischiebenden Menge bemerkte der Assessor just einen hellgrauen, schicken Filzhut mit gleichfarbigen Samtblumen. Er hatte diesen Hut sofort wiedererkannt, der ihm im Flur auf der Kommode der Frau Kunath so besonders aufgefallen war. Karl Linker besaß einen recht guten Geschmack; in allem, nicht nur, was seine eigene Kleidung anbetraf, nein, auch in seiner sonstigen Lebensführung. Vorhin, als er von Frau Kunath über die erwachsene Tochter Hildegard so einiges gehört hatte, war ihm dieser Hut wieder in den Sinn gekommen. Er musste also ihr gehören … Und nach diesem Hut hatte er sich dann ein Bild von Hildegard entworfen, das sehr zu deren Gunsten ausfiel. Sie war also eine junge Frau, die es wagte, sich raffiniert anzuziehen.

Und von Hildegard und dem aparten Filzhütchen waren seine Gedanken unwillkürlich auf Lotte übergesprungen, seiner geliebten Braut daheim. Seine Lotte hätte eine solche Kopfbedeckung für ihr blondes Haupt niemals gewählt. Geschmackvoll bedeutete für sie eine Verbindung von teuer und auffallend. Darüber hinaus gab es für sie keine Abstufungen. In dieser Beziehung war sie eben ganz die Tochter ihrer mit einem Hang für alles Protzige behafteten Mutter – leider. Nun war dieser Hut jedenfalls in greifbarer Nähe vor dem Assessor, der neugierig beschloss, sich die Besitzerin etwas genauer anzusehen.

Sie war nicht allein. In eifrigem Gespräch schritt neben ihr ein schlanker Herr, gekleidet mit einem auffälligen Stich ins Geckenhafte. Die beiden schienen recht vertraut miteinander zu sein.

Und Linker beobachtete noch mehr. Andere Herren schauten im Vorübergehen recht oft auf den grauen Hut. Manche grüßten. In dem Gruß kam meist eine gewisse Vertraulichkeit zum Ausdruck. Der Assessor kannte das. So grüßen Herren solche Frauen, die man eben nicht ohne Vorbehalt in die Kategorie der ehrenhaften Damen einordnen kann.

Nein, Hildegard Kunath konnte das da vorn nicht sein. Die Mutter hatte ihm ja, als sie ihm den Nachmittagskaffee brachte, eine kurze Charakteristik ihres ältesten Kindes entworfen, froh darüber, dass sie jemand gefunden hatte, der Verständnis für ihren Mutterstolz zu haben schien, und schnell immer mehr auftauend, immer eingehender Hildegards Vorzüge preisend, ihren Fleiß, ihren Ordnungssinn, ihre Sparsamkeit und besonders ihre Zurückhaltung Herren gegenüber. Und in Bezug auf diese letztere Eigenschaft hatte sie erklärt: „Ja, ja … für meine Hilde kann ich meine Hand ins Feuer legen!" – Diese Redewendung gebrauchte sie scheinbar recht gern und wohl auch ziemlich oft.

Also Hildegard konnte es nicht sein. Der graue Hut war ja sicherlich hier im Ort mehrmals vorhanden. Immerhin, dachte Linker, du hast ja gerade nichts Besseres zu tun. Also beobachten wir weiter …

Die junge Dame trug ein elegantes Kostüm in einer dem Hut ähnlichen Farbe. Unter dem Rocksaum kamen ein Paar schmale Füßchen in halbhohen Lackschuhen und ein Stück Seidenstrumpf zum Vorschein, der eine zierliche Fessel umspannte. – Lotte hätte so etwas „halbweltmäßig" gefunden. Sie spielte gern das aufgeklärte junge Mädchen, aber leider mehr in ihren Ausdrücken als in ihren Ansichten. – Am Nordende der Lasterseite machte das Paar kehrt, und Linker sah nun den grauen Hut von vorn. Jetzt begriff er, weshalb so viele Herren gegrüßt hatten – *so* gegrüßt hatten …

Die Trägerin des grauen Hutes war nicht einmal das, was man hübsch nennt. Aber es war auf jeden Fall eine auf Männer ausgesprochen anziehend wirkende Person. In einem zartrosigen Gesicht brannten ein paar dunkle, große Augen unter feingezogenen Brauen. Das Näschen ragte keck in die Welt hinein und der Mund schien zu glühen mit seinen vollen, rotgeschminkten Lippen. Von dem aschblonden Haar war nicht viel zu sehen. Aber es hatte einen seidigen Glanz und schien reich und voll zu sein. Hinzu kam eine geschmeidige Gestalt, schlank und doch üppig, und ein Gang, der leicht wiegend war und selbstbewusste Jugendkraft verriet ... Und dieser Gang gab dem grauen Hut ein besonderes Merkmal; in ihm lag etwas Aufreizendes, etwas Herausforderndes, vielleicht auch Trotziges. Und er nahm der Gesamterscheinung den Eindruck einer Dame aus guter Gesellschaft, auf die sonst die Kleidung unfehlbar hingewiesen hätte.

Linker war nun doch wieder im Zweifel, ob es nicht Hildegard Kunath sein könnte ... Die Augen hatten zu große Ähnlichkeit mit denen der Mutter. Nur der Ausdruck war verschieden. Hier scheue Bescheidenheit, dort das Bewusstsein, die törichten Männer leicht beherrschen zu können ...

Der Assessor wurde angesprochen. „He, Linker, sei gegrüßt! Also schon hier? Weshalb hast du mich nicht aufgesucht? – Habe jetzt leider keine Zeit. Bitte, sei heute Abend unser Gast, ganz zwanglos. Ich werde meiner Frau telefonisch Bescheid sagen."

Rechtsanwalt Mendel war ein Bruder der studentischen Verbindung Westfalia, welcher auch der Assessor angehörte. Ein kleiner Herr, etwas zu dick, der in Haltung und Sprache stets eine Person von Bedeutung zu spielen versuchte, was gelegentlich etwas lästig wurde.

Linker passte die Einladung nicht recht. Er war eigentlich verpflichtet, abends an Lotte einen langen, ausführlichen Brief zu schreiben. Andererseits war Mendel schließlich sein Chef, der ihm in Aussicht gestellt hatte, später einmal sein Teilhaber zu werden, wenn er sich erst nach dem eben bestandenen Assessorexamen eingearbeitet und bewährt hatte. Vorläufig zahlte Mendel ihm monatlich immerhin zweihundertfünfzig Mark, und Linker war froh gewesen, dass er auf Grund der bruderschaftlichen Beziehungen so schnell einen Unterschlupf gefunden hatte. Als Assessor mit dem Prädikat „genügend" hätte er sich noch Jahre bei der Justiz herumstoßen lassen müssen, ehe er auch nur ein Kommissorium mit einem derart fürstlichen Gehalt von über zweihundert Mark bekommen hätte, ganz zu schweigen von einer festen Anstellung. So nahm er die Einladung denn mit einigermaßen glaubhaft geheucheltem Dank an, wobei er dachte, dass die Abhängigkeit sich also schon bemerkbar machte. Aber daran ließ sich nun einmal nichts ändern.

Seine Mutter daheim hatte gerade nur so ihr Auskommen mit der Witwenpension und konnte ihrem Einzigen höchstens einmal ein Paket mit Esswaren senden, wie sie dies schon früher stets getan hatte, als er noch studierte oder als er später als Referendar ebenso bescheiden, aber sich selbst nach außen hin ohne ins Auge fallende Dürftigkeit durchhelfen musste. Er war eines der vielen Opfer elterlichen Ehrgeizes, der für den Sohn bei allzu kargen Mitteln die gehobene Beamtenlaufbahn als Ausgleich der eigenen erreichten unteren Karrierestufe einfordert.

Mendel verabschiedete sich. „Habe Vorstandssitzung im Verkehrsverein. Entschuldige. – Bis später also!"

Der graue Hut war verschwunden. Linker musste ja nun ohnehin seine Schritte heimwärts lenken. Der Brief an Lotte durfte nicht aufgeschoben werden. Auf dem Wege nach der Mühlengasse kam er an einem großen Kaufhaus vorüber. – Richtig! Eine ordentliche Krawatte fehlte ihm noch. Und hier bei „Gebrüder Liemann" sah er den grauen Hut wieder, daneben den Herrn mit dem Stich ins Stutzerhafte. Beide standen dort an einem Verkaufstisch für Damentaschentücher. Doch der Assessor schenkte ihnen jetzt weiter keine Beachtung. Der verpflichtende Brief an Lotte würde einige Zeit erfordern. Und es war bereits sechs Uhr.

Die Sünde

Die Petroleumlampe auf dem Schreibtisch beleuchtete mit rötlich gelbem Schein den vornübergebeugten Kopf Karl Linkers und zauberte auf den dunklen Haarwellen des Scheitels goldig schimmernde Reflexe hervor. Ein Bogen war beschrieben. Nun noch ein halber; das würde dann sicherlich auch seiner Frau Schwiegermutter genügen. Der Assessor lehnte sich in den Schreibtischsessel zurück und schaute der feinen Rauchspirale nach, die von der auf dem Aschenbecher fortglimmenden Zigarette hochstieg, gedankenverloren, wieder einmal träumend. Hätten ihn seine Bundesbrüder so gesehen, so hätte irgend einer sicher gespottet: „Unser Träumer dichtet wieder!"

Ach, das waren schöne Zeiten gewesen damals in Freiburg – trotz des leider nur knappen Zuschusses von daheim. Linker lächelte ganz unbewusst in sich hinein … „Träumer" hatten sie ihn stets genannt, die Westfalen, denen er beigetreten war und deren dreifarbiges Band er stets mit viel Stolz getragen hatte. Ohne die Altherrenwürde bei der Westfalia wäre er nicht mit Mendel bekannt geworden. Dann hätte er lange nach einer bezahlten Stelle suchen können. Es hatte sich also doch für ihn gelohnt, diese Mehrausgabe für das Verbindungsleben.

Karl Linker schrieb weiter, schilderte sein neues Heim, die ängstlich bescheidene Frau Kunath, die alte Mühle, den Kanal vor den Fenstern … Dass eine Tochter im Hause war, unterschlug er vorsichtshalber. Die Frau Schwiegermutter hätte vielleicht etwas daran auszusetzen gehabt, dass er trotzdem gemietet hatte. Sie traute den Männern nicht. Daran war der Getreidehändler Harrich schuld, ihr Angetrauter. Wegen seiner Seitensprünge stand er im Ruf eines Lebemannes, ein Wort, mit dem die örtlichen Spießer den Begriff größter Unmoral verbanden.

Endlich kamen zum Schluss die innigen Küsse und die herzlichsten Grüße für die lieben Eltern. Der Brief war fertig. – Wo aber eine Marke hernehmen? Vielleicht konnte Frau Kunath aushelfen?

Sie bewohnte das Vorderzimmer, dessen einziges Fenster nach der großen Mühle hinausging. Das dritte Zimmer neben dem des Assessors, ebenfalls nur einfenstrig, war Hildegards Reich. Wo der Sohn untergebracht war, wusste Linker noch nicht.

Er klopfte an die Tür, und eine Stimme rief: „Herein!"
Er stand auf einmal der Frau mit dem grauen Hut gegenüber! Das war für ihn doch etwas unerwartet. Leicht verwirrt stellte er sich

als der neue Hausgenosse vor. Sie neigte sehr gnädig, zu sehr die Dame herauskehrend, den Kopf. Frau Kunath hatte am Fenster vor einem Kleiderschrank gekniet und trat jetzt näher. Abermals sang sie ein Loblied auf Hildegard, bis diese sie unterbrach. „Aber Mutter …! Den Herrn Assessor dürfte das doch kaum interessieren."

Die Stimme war angenehm, nur die Sprechweise vielleicht etwas geziert. Linker wollte sich mit der Haustochter von vornherein auf einen kameradschaftlichen Fuß stellen. Und daher sagte er liebenswürdig: „Ich erinnere mich, Sie heute schon einmal gesehen zu haben, gnädiges Fräulein, nachmittags in der Langgasse und nachher bei …"

Hildegard hatte schnell den Zeigefinger auf die Lippen gelegt und den Assessor dabei warnend angesehen. Frau Kunath hantierte gerade an dem gedeckten Abendbrottisch herum. Linker schwieg sofort, um hastig hinzuzufügen: „Wenigstens sah ich eine junge Dame mit einem sehr modischen Hut …"

„Hildegard kann es nicht gewesen sein", meinte Frau Kunath gleichmütig aus dem Hintergrund. „Sie hatte ja bis sieben Dienst wie alle Tage."

Als der Assessor wieder in seinem Zimmer war und die Briefmarke auf den Umschlag klebte, dachte er mit Recht: „Hier stimmt etwas nicht! Dieses Fräulein Hildegard ist ein Engel mit einem dicken Fragezeichen …"

Bald darauf hörte er die Flurtür klappen. Dann klopfte es leise. Es war der Engel mit dem Fragezeichen.

„Entschuldigen Sie, dass ich störe", wisperte das Musterkind kühl und förmlich. „Ich hatte heute geschäftlich in der Langgasse zu tun. Mama liebt es nicht, wenn ich mich dort zeige. Ich erspare mir und ihr gern zwecklose Erklärungen. Daher hatte ich ihr nichts erzählt."

Linker verbeugte sich. Hildegard stand im Halbdunkel an der Tür. Er konnte ihr Gesicht nicht gut sehen, nahm nur einen hellen, verschwommenen Fleck wahr. Das störte ihn. Er hätte gern ihre Miene beobachtet, als sie diese etwas unklare Rechtfertigung vorbrachte. Vielleicht lächelte sie ihn dabei spöttisch-überlegen an. Er traute ihr das durchaus zu. Jedenfalls war sie ihm wegen dieser Sache nicht eben sympathischer geworden. Ihre Mutter, eine herzensgute Frau fraglos, derart zu missachten und die Reine, Harmlose zu spielen; das enttäuschte ihn, obwohl er durchaus kein übertriebener Tugendheld war. Und aus diesem Gefühl der schnell aufgekeimten Abneigung heraus antwortete er ihr absichtlich kein Wort auf ihre fadenscheinige Erklärung hin, sondern verneigte sich nur knapp und wartete ab. Es verging eine Weile des Schweigens. Sie stand unbeweglich neben der Tür.

Das Schweigen wurde dem Assessor allmählich peinlich; es lastete auf ihm wie ein Unbehagen erzeugender Magendruck.

‚Wenn ich wenigstens ihr Gesicht sehen könnte ...‘, dachte er. ‚Warum geht sie denn nicht einfach ...?‘

Schon als er vorhin den Brief an Lotte geschrieben hatte, war über ihm ein schwerer Männerschritt in ruhelosem Auf und Ab hin und her gewandert. Jetzt nahm der unbekannte Bewohner des über Linkers Zimmer gelegenen Raumes seine dröhnende Promenade wieder auf. So fest trat der da oben die Dielen mit offenbar derben Stiefeln, dass die Glocke der Hängelampe zuweilen ganz fein klirrte. Schade, diese Lampe brannte gerade nicht. Sonst hätte Linker Hildegards Antlitz ein wenig studieren können. In dieses tappende Auf und Ab mischte sich nun plötzlich von der Tür her ein anderer Laut, ein unterdrücktes Aufschluchzen ... Der Assessor schaute schärfer hin. – Hildegard hatte beide Hände vor das Gesicht gelegt und hielt den Kopf tief geneigt. War das auch nur Komödie? – Wie sollte er sich hierüber klar werden, da er das junge Mädchen ja nicht kannte?

Es war lediglich der Kavalier in Linker, der sich trotzdem für verpflichtet hielt, mit ein paar schnellen Schritten vor sie hinzutreten. Da sanken ihre Arme auch schon herab, der Kopf hob sich, und große, dunkle Augen schauten den Assessor fest an.

„Sie müssen von mir wohl eine ziemlich ... ungünstige Meinung gewonnen haben", sagte sie mit einer Ruhe und Klarheit, die ihn überraschte. „Ich kann daran nichts ändern." Und nach kurzer Pause: „Mutter will nachher nochmals zu einer Bekannten gehen.

Wenn Sie vielleicht kurz ins Wohnzimmer kommen wollten … Ich würde sehr gern mit Ihnen reden."

Linker überlegte blitzschnell. – Was wollte sie von ihm? – Mit ihm reden? Worüber? Soeben hatte sie doch gesagt: „Ich kann daran nichts ändern …" Also handelte es sich wohl nicht um eine ausführlichere Rechtfertigung ihres Verhaltens der Mutter gegenüber, was ihn doch sowieso nichts anging. Um was aber sonst?

„Leider bin ich für diesen Abend ausgebucht, gnädiges Fräulein", erwiderte er gemessen. „Ich stehe aber gern ein andermal zur Verfügung."

„Das ,gnädige' schenken Sie sich bitte, Herr Assessor", meinte sie gleichmütig. „Nennen Sie mich Fräulein, das genügt. Vater war Werkführer der großen Mühle bis zu seinem Tod vor zwei Jahren. Und seine Tochter hat keinen Anspruch auf diese Anrede, wie sie in anderen Kreisen üblich ist. – Für alle Fälle möchte ich fragen, ob Sie noch Wünsche haben. Sie werden doch sicher spät heimkommen, wenn wir schon zu Bett gegangen sind."

Linker hatte ein feines Gehör. Diese letzten Sätze wurden nicht mehr so zwanglos hingesprochen. Eine gewisse Berechnung, eine für ihn unklare Absicht lag darin. Wollte Hildegard etwa feststellen, wann sie mit seiner Rückkehr rechnen konnte? Und auch dies – wozu nur?

„Wünsche – hm ja", meinte er nachsinnend. „Vielleicht darf ich um ein Kännchen Tee bitten, den Sie mir am besten in die Ofenröhre stellen. – Ach so", verbesserte er sich, „Ofenröhre … Wir gehen ja dem Frühjahr entgegen! Ich war es in Berlin während meiner Vorbereitung zum Assessorexamen so gewöhnt, abends Tee zu trinken, hatte auch ein Zimmer mit Ofenheizung. Nun, trotzdem, dann trinke ich ihn eben kalt."

„Bitte. Sie werden den Tee vorfinden. – Gute Nacht."

„Einen Augenblick, Fräulein …"

Sie hatte schon den Türdrücker in der Hand, wandte jetzt nur den Kopf nach ihm zurück.

„Sie wollen doch mit mir sprechen, Fräulein", sagte er etwas eindringlichen Tones. Er musste Klarheit haben, wie es um den

Charakter dieses Mädchens bestellt war. Seine gelinde Abneigung hatte sich noch um ein aufkommendes Nebengefühl vermehrt: Misstrauen!

„Ich wollte …", erwiderte sie kurz und unterbrach sich abrupt. „Doch es wird wohl alles zwecklos sein", fügte sie leiser hinzu, wie unter der Einwirkung einer traurigen Empfindung des Verkanntwerdens. Und ihre Stimme hatte dabei merklich gezittert.

Dann war sie hinaus, ehe Linker noch Zeit fand, sie zurückzuhalten. Und das hätte er gern getan, denn vielleicht tat er ihr ja unrecht? Vielleicht war sie doch besser, als es ihm schien? Der wehe Klang dieses … „wohl alles zwecklos" klang noch deutlich in seinem Ohr.

Nachdenklich ging er an den Schreibtisch in den Lichtkreis der Petroleumlampe zurück, deren grüne Arbeitsglocke wie ein riesiger Smaragd leuchtete. Da war der Brief an Lotte … Wenn sie geahnt hätte, dass er hier gleich am ersten Abend so etwas wie ein kleines Abenteuer erlebt hatte mit dem Töchterlein der Wirtin, der Trägerin des grauen Hutes. Oh, Lotte würde sicher eifersüchtig werden.

Lotte und Hildegard; wie zum Scherz verglich er sie. Dort die ein wenig zu strenge Wohlanständigkeit und Nüchternheit, ein recht nett anzusehendes Geschöpf mit – eingestandenermaßen – einem Stich ins Reizlose für einen verfeinerten Geschmack, und hier die lockende Sünde … Sündhaft spektakulär schon allein der Gang, diese wiegenden Bewegungen unterhalb der Taille, ganz abgesehen von den ausdrucksvollen Augen und den roten, sinnlichen Lippen …

Plötzlich sagte er ganz laut „Dummheiten!" und machte sich eilig zum Ausgehen fertig. Er war unzufrieden mit sich. Was ging ihn diese merkwürdige Hildegard überhaupt an! Er würde sich gar nicht mehr um sie kümmern. Das wäre das Beste. Sie war ja tatsächlich nicht ganz ungefährlich, besonders wenn man vier endlose Wochen zu Hause im Kreise der Familie zugebracht hatte. Gott, war das langweilig gewesen! Und Lottchens zurückhaltende bräutliche Küsse waren auf die Dauer irgendwie … ach naja.

Gerade als er mit seinem Anzug fertig war, kam Frau Kunath und trug das Abendrot auf. Er aß hastig und verließ dann das Haus.

Das Monokel

Frau Rechtsanwalt Nora Mendel war noch ein wenig kleiner als ihr Gatte. Selbst die hohen Absätze halfen da nicht viel. Sie wirkte immer noch sehr klein, und dabei wollte sie doch so gern groß sein, nicht nur an Gestalt …

Herr James Look vom englischen Generalkonsulat stelzte geziert wie immer neben der zierlichen Frau Rechtsanwalt her. Er radebrechte das Deutsche für ihren Geschmack in einer „entzückender" Weise. Mit ihren Ausdrücken steckte die ehrgeizige Dame immer noch in den Backfischschuhen genau wie ihr bereits vierzehnjähriges Töchterchen.

James Look war vom Scheitel bis zur Sohle äußerlich vornehm; zu vornehm, sagten manche, die übertriebenes Modebewusstsein bei Herren für ein Zeichen innerer Verflachung ansahen. Äußerlich vornehm – doch innerlich …? – Die Frage blieb offen. Aber dieselben Nörgler, die behaupteten, James Look sei ein Geck, schwiegen sich aus, wenn dieser oder jener behauptete, der junge Engländer setzte sich geistig aus Harmlosigkeit, Eitelkeit und einem Vorrat angelernter pseudo-geistreicher Redensarten zusammen. Look spielte mit seinem an einer dünnen Seidenschnur baumelnden Monokel, während er Frau Mendel einen lebhaften Vortrag über Jachtsegeln hielt.

Allmählich waren sie vor dem Haus in der Nähe des Hauptbahnhofs angelangt, wo der Herr Rechtsanwalt seit seiner Verheiratung eine luxuriös eingerichtete Siebenzimmerwohnung im ersten Stock bewohnte.

„Kommen Sie bitte mit nach oben, Herr Look", bat die kleine Dame in einem Ton, der keinen Widerspruch zu dulden schien und den sie sich erst in letzter Zeit zu eigen gemacht hatte, weil sie dadurch eine gewisse selbstbewusste Energie zum Ausdruck zu bringen glaubte. „Mein Mann hat mich vorhin angerufen", fügte sie erklärend hinzu. „Er hat einen Bundesbruder für heute Abend eingeladen, einen jungen Assessor. Die Herren werden mancherlei zu besprechen haben, weil sie demnächst zusammenarbeiten werden. Und diese Gespräche werden mich nur langweilen. Leisten Sie mir also Gesellschaft. Ich lasse noch ein Gedeck für Sie auflegen."

Look wiegte sich auf den Fußspitzen, wirbelte sein Monokel an der Schnur im Kreis umher und dachte anscheinend über etwas nach. Dann fragte er: „Bundesbruder? Was ist das?"

„So nennt man die Zugehörigen einer studentischen Verbindung, auch Korpsbrüder, wenn sie einem Korps angehören."

„Ah, verstehe! Habe in Bonn mal gesehen, wie solche Bundesbruders Mensur machen. – Und Assessor ist der Herr? Ich viele Juristen kenne. Wie heißt er doch?"

„Linker. – Doch das lässt sich alles ebenso gut oben bei uns besprechen. – Bitte, kommen Sie!"

Frau Mendel wies einladend auf die massive Haustür mit den üppigen Schnitzereien. James Look nickte und schritt voran. Frau Mendel suchte stets sein Deutsch zu verbessern und belehrte ihn, es hieße nicht „Mensur machen", sondern „ausfechten".

Er gab gar nicht acht auf ihre Worte. – Linker … Linker … Den Namen hatte er schon mal gehört, kürzlich, sogar ganz kürzlich … Dann lief ein Ausdruck der Befriedigung über sein glattrasiertes, hageres Gesicht. Richtig! Heute Nachmittag war es gewesen. – Assessor Linker … der neue Untermieter im alten Mühlenhaus …

Als sich der Assessor um halb neun vom Stubenmädchen bei den Herrschaften anmelden ließ, kam ihm Mendel bis in den Flur entgegen. Er tat sehr erfreut, aber mit einem gewissen gönnerhaften Unterton, der Linker unangenehm war. Übertrieben zuvorkommend führte er den Gast in das Herrenzimmer, wo James Look sich ganz zwanglos in einem Klubsessel flegelte und die Hausfrau nicht minder malerisch halb auf dem fellbedeckten Diwan lagerte. Linker kannte Frau Mendel bereits, wenn auch nur flüchtig. Sie streckte ihm die Rechte in einer Weise hin, dass er, wenn er nicht ungezogen erscheinen wollte, sich zu einem Handkuss herablassen musste. Er gehorchte, obwohl er gegen diese Art von verehrungsvoller Begrüßung seit seiner Verlobung einen gewissen Widerwillen hegte, an dem seine Schwiegermutter schuld war, die sich bei jeder möglichen und unmöglichen Gelegenheit die Hand küssen ließ. James Look hielt es nicht für nötig sich zu erheben, als der Assessor ihm vorgestellt wurde. Linker beachtete diese Nachlässigkeit nicht weiter. Er war einfach zu überrascht. Sofort hatte er Look wiedererkannt … Langgasse – grauer Hut – Warenhaus – Taschentuchverkaufstisch … Kein Zweifel, dieser Engländer war Hildegards Begleiter von heute Nachmittag.

Frau Mendel belegte Linker zunächst ganz allein mit Beschlag. Sie wollte herausfinden, was an diesem neuen Mitarbeiter ihres Mannes eigentlich dran war. Äußerlich hatte er sie durch seine schlanke, mittelgroße Gestalt, die tadellose Kleidung und das fast noch ein wenig jugendlich-unreif wirkende, bartlose Gesicht mit den weichen, beinahe mädchenhaften Zügen recht zufriedengestellt. Man konnte sich durchaus mit ihm sehen lassen, und er würde bei den Mendelschen Gesellschaften eine recht gute Figur machen. – Aber wie waren wohl seine sonstigen Eigenschaften? Die kleine Dame liebte es, zuweilen eine gewisse persönliche Eigenart hervorzukehren, die wohl manchen Leuten zu imponieren schien.

„Zeigen Sie mir Ihre linke Hand", sagte sie, nachdem er neben ihr auf einem Polsterschemel hatte Platz nehmen müssen. „Nicht so – die Handfläche. Ich verstehe mich ganz gut auf die Deutung von Handlinien."

Linker war etwas unangenehm berührt von dieser für seinen Geschmack wenig angebrachten Art von Vertraulichkeit. Nur zögernd hatte er den Arm gehoben. Frau Mendel aber hatte schon seine Hand ergriffen und studierte eifrig das rötliche, sich auf der Haut abzeichnende Linienbild, wobei sie so nebenbei sagte: „Ich habe diese Kunst von einer polnischen Fürstin in Monaco gelernt. Die Ärmste hat dort ihr ganzes Vermögen verloren und lebt jetzt als Wahrsagerin in der Rue de Abbelais. Wir waren auf unserer

Hochzeitsreise in Monte Carlo. Ich finde es dort zauberhaft schön.
– Spielen Sie auch, Herr Assessor?"

Ihm begann diese kleine Frau allmählich lächerlich vorzukommen. Er hatte zu viel in den verschiedensten Gesellschaftskreisen, besonders in Berlin verkehrt, um nicht in ihr einen Abklatsch jener unkultivierten Frauen der Großstadt zu erkennen, die stets um jeden Preis Beachtung finden wollen.

„Spielen?", meinte er etwas ironisch. „Nur Walzer auf dem Klavier, und Kommerslieder."

„Im Zusammenhang mit Monaco spricht man doch wohl nicht von Musik", sagte sie etwas schnippisch.

„Richtig. Monaco ist der Tummelplatz schöner, wohlhabender Frauen", verbesserte er sich scheinbar eifrig. „Also Spiel mit Frauenherzen ... Ich bin allerdings glücklich verlobt, gnädige Frau, und scheide also mithin als Mitspieler aus."

„Oh, Sie sind ja geradezu gefährlich!" In ihrer Stimme war jetzt nichts Gekünsteltes. Sie meinte es ehrlich.

„Wieder nicht zufrieden?", fragte er, ohne weiteres auf diesen leichten Ton eingehend. „Meinten Sie vielleicht sogar, ich wäre ein Hasardspieler?"

„Wäre das so schlimm gewesen? Ich war jedenfalls nicht vom Roulettetisch wegzubekommen", erwiderte sie. Mit dem Zeigefinger ihrer Rechten wies sie dann auf die mittelste Linie seiner Handfläche und fuhr fort: „Ihr Liniennetz zeigt eine Spielernatur. Und das unweigerliche Schicksal eines Spielers."

„So? – Oh je, und ich kann nicht einmal richtig Skat!"

Sie hob ihren sehr sorgfältig frisierten Kopf und schaute ihn strafend mit ihren graublauen, merkwürdig matt glänzenden Augen an.

„Vielleicht werden Sie dereinst an meine Worte denken. Lockendes Gold treibt Sie vom rechten Wege ab, und der letzte Einsatz wird ..." Sie schwieg abrupt, hüstelte und fügte hinzu: „Nein, das sage ich besser nicht. Nur warnen kann ich Sie ..."

Er lachte übermütig auf. „Diese polnische Fürstin, Gnädigste, vielleicht hat ihre Wiege ja auch an der Spree gestanden, wo viele begabte Schwindlerinnen aufwachsen. – Hat wohl für ihre Handdeutekunst stets dasselbe Rezept gehabt: Spielleidenschaft, große Verluste, tragisches Finale mit einem Revolverschuss oder mit einem Strick um den Hals."

Er hatte laut aufgelacht, und doch hatte er plötzlich an Lotte gedacht, an seine Verlobung. – Lockendes Gold, ja, der frühere Mehlhändler und jetzige Getreidegroßkaufmann, hatte davon einen ganz unheimlich großen Batzen. Und vom Wege hatte dieses Gold ihn auch gewissermaßen abgetrieben, weil er noch vor einem halben Jahr fest entschlossen gewesen war, irgendwann einmal nur aus Liebe zu heiraten. Dann aber war das Assessorexamen gekommen, und da hatte seine stets besorgte Mutter seine Angst vor einer ungewissen Zukunft die Weihnachtsfeiertage dazu genutzt, ihm Lotte Harrich anzuempfehlen, gewissermaßen als Rückhalt für alle Fälle … Und wenn er an sein redlich verpatztes Examen dachte, die jämmerliche Note, die ihm wohl keine besonders hoch dotierte Stellung ermöglichen würde … Nun ja, er hatte dem Rat seiner Mutter folgend die Gelegenheit ergriffen und diese Lotte Harrich aus der Nachbarschaft, die ihm bis dato von Herzen egal gewesen war … Jedenfalls war er in der Neujahrsnacht glücklicher Bräutigam geworden. Daran musste er jetzt denken.

Da hörte er James Looks näselnde Stimme: „Trösten Sie sich, mein Bester. Mich hat Frau Mendel genau dieselbe vorausgesagt. Zwischen uns beide ist aber eine bisschen verschieden. Ich spiele mit groß Leidenschaft, darum ich habe die bessere – ja, wie sagt man das? – die bessere Chance auf die Schuss mit die Revolver."

„Nicht ‚Chance' – die größere Wahrscheinlichkeit!", verbesserte die kleine Hausfrau, sprang etwas backfischartig auf die Füße und sagte: „Wir wollen zu Tisch gehen, meine Herren."

Karl Linker aß auf diese Weise heute zweimal Abendrot. Das Speisezimmer mit den vielen alten Zinntellern und -krügen, den schweren, geschnitzten Möbeln und der kleinen, für vier Personen fast zu feierlich gedeckten Tafel gefiel dem Assessor ganz außerordentlich. Das erlesene Essen schmeckte vorzüglich. Und so vergab er Frau Mendel in Gedanken die alberne Wahrsagerinnenkomödie.

Die Unterhaltung bei Tisch verlief angeregt. Look erzählte von seinen Reisen in Nepal, kam dabei auf den schlafenden Wundermönch von Mawiruk zu sprechen, einen Buddhisten, der 1905 angeblich bereits sechs Jahre in einem schlafähnlichen Zustand verharrte und auf jede an ihn gerichtete Frage Antwort gab; ein wundersamer Hellseher, den das Volk in Nepal als Heiligen verehrte. Das Gespräch lenkte hierdurch auf die Erörterung der Frage über, ob für den Menschen ein achtstündiger Schlaf tatsächlich nötig wäre, um ein optimales Wohlbefinden zu erlangen. Der Engländer meinte, er käme mit vier Stunden aus, Mendel verlangte mindestens sieben und seine Gattin gar zehn Stunden. Linker meinte heiter, er hätte einen so festen Schlaf, dass er in jedem Fall den Wecker stellen müsse, und er fügte lachend hinzu: „Sonst würde ich in die Ewigkeit hinüberschlummern, glaube ich."

Look schüttelte ungläubig den Kopf und ließ sein Monokel wie ein Pendel über seinem Teller hin und her schaukeln.

„Wie kann das sein moglich?", fragte er zweifelnd. „Ja, wenn Sie noch korperlich anstrengen mussen, dann ... aber so ... bei die Arbeit in ein Buro ..."

„Vielleicht ererbte Eigentümlichkeit von meinem Vater her. Der konnte auch zu jeder Tages- und Nachtzeit einschlafen, wo und wie er wollte", erwiderte der Assessor, dem es nicht angenehm war, dass gerade er jetzt den Mittelpunkt des Gespräches bildete, und dazu bei einem so belanglosen Gegenstand. Daher leitete er auch absichtlich jetzt die Unterhaltung auf ein anderes Thema über, indem er von den Erfahrungen zu berichten begann, die er bei der Wohnungssuche am Vormittag gesammelt hatte und die sich nicht ausschließlich auf die verschiedenen Typen von Vermietern meist weiblichen Geschlechts, sondern auch mehr auf die Erweiterung seiner Kenntnisse der hiesigen Gassenromantik in den alten Vierteln bezogen.

„Ah, richtig – wo haben Sie denn eigentlich Ihr Quartier aufgeschlagen, Herr Assessor?", fragte Frau Mendel dann ziemlich unvermittelt, wohl weil weder sie selbst noch ihr englischer Gast von Architektur genug verstanden, um diesen Ausführungen folgen zu können. Besonders der Engländer versagte hier vollständig. Linker hatte auch schon vorhin bemerkt, dass Looks allgemeine Bildung recht einseitig war und dass dieser nur mitreden konnte, wo es sich um persönliche Erfahrungen handelte. Als die kleine Frau Rechtsanwalt, deren Gesicht jetzt nach drei Gläsern Rotwein fast beängstigend rot geworden war, woran wohl ihre Vollblütigkeit und die Vortäuschung einer schlanken Figur durch viel zu enges Schnüren die Schuld trugen, nunmehr hörte, dass der Assessor die Mühlengasse gewählt hatte, stutzte sie. Dann schürzte sie ein wenig die ohnehin aufgeworfenen Lippen und erklärte: „Die Mühlengasse … Dort wohnt doch niemand." Womit sie wohl andeuten wollte, dass eine derart obskure Gegend sich wohl nicht für einen angehenden Rechtsanwalt eignen würde.

„Wohlhabende Leute anscheinend nicht", gab Linker zu, „aber immerhin Menschen, wie zum Beispiel die Tochter meiner Wirtin, ein Fräulein Hildegard, die durchaus berliner Schick mit einem netten Gesicht vereint." Diese Worte waren für den Herrn mit dem Monokel bestimmt, erzielten jedoch keinerlei Wirkung, obwohl der Assessor den Namen recht laut und deutlich ausgesprochen hatte. Look verleugnete also die Bekanntschaft mit dem jungen Mädchen, was nun abermals nicht gerade günstig für die ohnehin recht rätselhafte Trägerin des hellgrauen Hutes zu deuten war. Auch als Linker nochmals bei der Beschreibung seines Zimmers ihren Namen so nebenbei nannte, blieb der Engländer stumm.

Gegen halb zwölf brachen die Herren auf, da der vielbeschäftigte, vielseitige Mendel, den die kleine Frau Nora mit ziemlichem Geschick in allerlei öffentliche Ehrenämter hineinzulancieren verstanden hatte, immer häufiger verstohlen gähnte. Vor dem Haus verabschiedete Look sich von dem Assessor. „Wir haben verschiedenes Weg", meinte er. „Ich wohne an die Langenmarkt. – Gute Nacht." Das wurde sehr kühl gesagt. Der Engländer schien den Assessor anscheinend nicht gerade übermäßig zu schätzen. Linker, der an viel Bewegung in frischer Luft seit den vier in Barten zugebrachten Wochen gewöhnt war, wollte die sternklare Aprilnacht noch zu einem kleinen Spaziergang nutzen.

Es war lediglich eine Augenblickseingebung von ihm, dass er bald kehrtmachte und in sicherer Entfernung hinter Look herging, der seine Schritte stark beschleunigt hatte, nachdem er außer Sichtweite des Assessors zu sein glaubte. Der Engländer ging am Hauptbahnhof vorbei, bog dann links in den engen Gang zwischen der Garnisonskirche und der hohen Mauer des Waisenhauses ein, gelangte so an den großen Mühlengraben und verlor sich in den zahlreichen Gassen und Gässchen der Altstadt, auch Handwerkerviertel genannt, da es hier nur Straßenbezeichnungen wie Tischlergasse, Maurerzeile, Klempnersteig und ähnliche gab. Zahlreiche Passagen von niedrigen, dunklen Torbögen, manche kleinen Tunneln gleichend, verbanden einige dieser schmalen Straßen miteinander und schufen so ein förmliches Gewirr von einem Wegenetz, in dem sich wohl nur ein Ortskundiger zurechtfinden konnte.

Hier verlor der Assessor den Engländer aus den Augen. Und er gab es sehr bald auf, diesen wieder zu Gesicht zu bekommen, da er sehr bald die Unmöglichkeit einer Verfolgung in diesem Labyrinth erkannte.

Nach einigem Umherirren gelangte Linker an den Kanal, der sich parallel zu dem großen Mühlengraben entlangzog, und zwar gerade an einer Stelle durch einen Torweg an das Norduser des breiten Grabens, wo er über den Dächern der gegenüberliegenden Häuser die charakteristischen Giebellinien der Großen Mühle gegen den Nachthimmel wahrnahm. Hier auf dieser Seite des Kanals gab es einen Bürgersteig, der zwischen Wasser und Gebäudefront wie ein Uferkai verlief. Auf der anderen Seite dagegen – und dort musste auch die Rückseite des Hauses liegen in dem die Witwe Kunath wohnte – floss der Graben unmittelbar an den Grundmauern vorbei.

Linker hatte bald das betreffende Haus entdeckt. Er konnte es recht gut erkennen. Die Sterne gaben genügend Licht. Und außerdem hatte er ganz vorzügliche Augen. Mit der sargdeckelähnlichen Mansarde und den drei hohen, durch Eisenstangen gestützten Schornsteinen, die sich wie düstere Arme wie drohend gen Himmel reckten, sah es nicht gerade freundlich aus. Das Erdgeschoss lag hier an der Wasserseite so hoch, dass sich unter den sechs Fenstern noch sechs längliche, mit Schießscharten vergleichbare, vergitterte Kellerfenster befanden. Das Haus hatte tatsächlich nur ein einziges Stockwerk. Darüber befand sich noch eine Mansarde, die anscheinend ziemlich hoch war und wohl recht große Räume enthalten musste.

Linker stand regungslos da und begann, wie er das häufiger tat, seinen Gedanken in allerlei Träumereien freien Lauf zu lassen. – Wer mochte wohl das alte Haus da drüben außer Frau Kunath noch bewohnen? Und gab es unter diesen Bewohnern noch andere, die sich wie Hildegard in seltsame Rätsel hüllten? – Es schien ihm, als müsste dieses Gebäude, das dort so dunkel in dem schwachen Licht der Sternennacht als Überbleibsel einer längst versunkenen Vergangenheit dalag, nur Leute beherbergen, die irgendwie von einem düsteren Schicksal getroffen wären. Und jetzt in diesem Augenblick fiel ihm sein Überbewohner ein, der unruhige Geist, der stundenlang in seinem Zimmer auf und ab ging mit schweren Schritten wie einer, den das Gewissen oder seltsam rege Gedanken hin und her trieben, womöglich ein zweiter John Gabriel Borkmann aus dem Ibsenschen Schauspiel, der als krankhafter Phantast nutzlosen Plänen nachgrübelt und dessen Schritte seiner im Stockwerk unter ihm hausenden Frau ständig das entsetzliche Leid ihres Lebens vergegenwärtigen.

Da war also schon so etwas wie ein zweites Geheimnis. Und wer weiß – vielleicht gab es ja noch mehr davon in diesem alten Mühlenhaus?

Der kleine Nachen

Von Süden her kam über das Dach ganz allmählich eine dunkle Wolke emporgekrochen wie ein fließender Schatten, langsam und stetig. Sie verschluckte wie ein hungriger Drache einen Stern nach dem anderen, breitete sich bald über den stillen Kanal aus und löschte nun auch alle die blinkenden Pünktchen aus, die eben noch als Spiegelbilder der Himmelsgestirne auf dem unbewegten Wasser geflimmert hatten.

Karl Linker fröstelte. Es war doch noch ziemlich kühl, dies war noch keine dieser lauen Frühjahrsnächte, in denen das große Sehnen der erwachenden Natur durch die Welt zieht. Er fröstelte und gähnte. Da! – Der erste Schlag der Turmuhr der nahen Kirche – elf weitere ... Mitternacht.

Linker wollte sich heimwärts wenden. Noch einmal schaute er zum alten Mühlenhaus hinüber, nahm gleichfalls Abschied für heute von ihm und dachte: ‚Bald werde ich mich zum ersten Mal in das breite Bett legen. Wer weiß, was ich wohl träumen werde in dieser ersten Nacht? Manche Menschen messen diesen ersten Träumen in einem noch fremden Bett eine gewisse Bedeutung zu. – Ich bin nicht abergläubisch, nur ein bisschen romantisch veranlagt. Ich bin wohl eingestandenermaßen kein besonders guter Fechter im heutigen Daseinskampf, welcher doch mehr nach prosaischen Naturen verlangt.'

Linker wollte sich eben entfernen, doch er hielt inne. Aus dem jetzt über den Wassern des Kanals lagernden dunklen Schatten hatte sich ein kleiner Nachen gelöst. Undeutlich waren darin zwei Gestalten zu erkennen, die sich tief zusammenduckten. Die Ruder wurden so leise bewegt, dass der Assessor nur ab und zu ein leises Plätschern hörte. Der Nachen hielt sich ziemlich dicht an den Grundmauern der Häuser auf der gegenüberliegenden Kanalseite. Linker musste schon sehr genau hinsehen, um ihn überhaupt zu erkennen.

Das Verhalten der beiden Gestalten – ob Männer oder Frauen ließ sich nicht unterscheiden – erregte seinen Argwohn. Auf ehrlichem Wege befanden sich diese Leute jedenfalls nicht. Und – wahrhaftig – jetzt machte das kleine Boot vor dem alten Mühlenhaus halt. Diese Stelle war für den Beobachter recht ungünstig. Das Gemäuer dort drüben, grünbemooster Granit, bildete einen Hintergrund, von dem sich bei dieser Dunkelheit nur hellgekleidete Gestalten abgehoben hätten. So aber sah Linker so gut wie gar nichts mehr ...

Jetzt begann es auch noch zu tröpfeln; ein ganz feiner Sprühregen. Und gleichzeitig hörte Linker auch auf den Steinplatten des Bürgersteiges den langsamen, festen Schritt eines Näherkommenden. Sein in die graue Nacht hineintastender schneller Blick bemerkte das Schimmern des Beschlages eines Helmes; ein Schutzmann auf dem Patrouillengang. Karl Linker machte kehrt und hastete lautlosen Schrittes davon. Er hatte keine Lust, dem Ordnungshüter womöglich erst noch Rede und Antwort zu stehen, was er hier um Mitternacht wohl treibe. Aber ein wenig leid war es ihm doch, dass er so von seinem Beobachtungsposten verscheucht worden war. Zu gern hätte er den kleinen Nachen noch weiter beobachtet. Das wäre doch recht spannend gewesen. Ja, hier in diesem Städtchen konnte man schon was erleben! – Erst der graue Hut, dann das Monokel, und nun noch dies eben, das winzige Boot mit den merkwürdigen Gestalten, und dann wie geheimnisvoll die Beziehung zwischen Hildegard und James Look von letzterem nicht entdeckt werden wollte.

Der Kirchenplatz war jetzt erreicht, nachdem er eine Holzbrücke passiert hatte, gleich würde er zu Hause sein, nur noch ein Stück an der rechten Seite des großen Mühlengrabens entlang.

‚Grauer Hut … Monokel …‘, so ging es ihm durch den Kopf.

Linker lächelte still vor sich hin. Seine Gedanken waren in die Heimat geflogen, nach Barten; viertausend Einwohner, darunter Familie Harrich, Großkaufmann, und die verwitwete Frau Rechnungsrat Antonie Linker, seine Mutter. Und von der hatte er es sich angewöhnt, für jeden Menschen eine besondere Bezeichnung zu wählen. Sie nannte im vertrauten Gespräch mit Eingeweihten niemand mit Titel und Namen. Für sie war Richard Harrich nur „das große O", weil er unglaubliche O-Beine besaß, die keine Schneiderkunst kaschieren konnte; Frau Alma Harrich wieder hieß nur „das Lorgnon", das sie ihrer eigenen Ansicht nach stets mit der vornehmen Nachlässigkeit einer Fürstin handhabe. Und der dicke Bürgermeister von Barten musste mit der Bezeichnung „Knaster" zufrieden sein, da er seiner Frau die Gardinen mit einem übelriechenden Tabak aus seiner armlangen Pfeife einräucherte. So war denn eben

Hildegard für Karl Linker „der graue Hut" und James Look „das Monokel" geworden, während Frau Nora Mendel und ihr kleiner, den Kopf so hoch tragender Gemahl die Anwartschaft auf die Benennung als „Monaco" und „Vereinsmeier" erfüllten.

Karl Linker zog den mächtigen Hausschlüssel, eine wahrhaftige Verteidigungswaffe hervor, der sich neben den kleineren Kollegen des Ringes wie ein Goliath ausnahm. Bemüht leise schloss er auf. Er war eigentlich immer sehr rücksichtsvoll. Leute, die andere nächtlicherweise durch Türenknallen und ähnliches im Schlafe störten, waren ihm ein Gräuel. So gelangte er denn nahezu geräuschlos in sein Zimmer, nachdem er im Wohnungsflur ein Zündholz angestrichen hatte. Eine elektrische Flurbeleuchtung gab es in dem alten Mühlenhaus nicht. Und schon die Gasleitung war dem Assessor in diesen Räumen wie die Entweihung seiner ehrwürdigen Architektur erschienen. Im Zimmer angelangt zündete Linker die Petroleumlampe auf dem Schreibtisch an, entledigte sich des Überziehers, hing den Hut dazu und schaute sich in seinem neuen Heim um. Auch jetzt wirkte es recht behaglich, obwohl er doch eben von Mendels kam – aus dem stilvollen Herrenzimmer mit den weichen Klubsesseln und dem fellbelegten Diwan, auf dem „Monaco" zwanglos malerisch gelagert und ihm seine Handlinien gedeutet hatte.

Da fiel ihm plötzlich der Nachen ein. – Ein schneller Schritt, ein scharfes Blasen in den Lampenzylinder, die Flamme ging sofort aus und schickte aus Rache für diese unsachgemäße Behandlung einen stinkenden Qualmfaden zur Decke empor. Der Assessor tastete nach dem Schreibtischstuhl, ließ sich darauf nieder und zog die Schnürschuhe aus – erste Garnitur, Lackbesatz – für besondere Gelegenheiten. In diesen Stiefeln hatte er auch seine Assessorenprüfung abgeschlossen und war in ihnen auch Bräutigam geworden. Lotte war ihm damals aus Versehen auf die linke Spitze getreten. Der ärgerliche Kratzer im Lackleder war immer noch da, wenn man ganz genau hinsah.

Nun trat er zu einem der Fenster. Die Vorhänge waren zugezogen; schwere, rote Vorhänge, die keinen Lichtstrahl durchließen.

Draußen war unterhalb des Fensters nichts zu erkennen. Linker wusste, dass das kleine Boot vorhin genau hier Halt gemacht hatte. Ganz leise und Millimeter für Millimeter hob er die beiden Riegel hoch und öffnete den einen Fensterflügel. Die Doppelfenster waren schon entfernt, die man allgemein in diesen Häusern der Kälte wegen nur im Winter einhängte.

Langsam schob er den Kopf vor. Seine Augen hatten sich jetzt an die grauschwarze Dämmerung über dem Kanal gewöhnt. Der Nieselregen war vorüber. Es hatte wirklich nur kurz „gedröppelt", wie seine Mutter immer zu sagen pflegte. Und die Wolke, der sterneverschluckende Drache, zog jetzt nach Norden davon, während sie allmählich all die kleinen Himmelslämpchen wieder freigab.

Der kleine Nachen war der Länge nach ganz dicht an die Mauer des alten Mühlenhauses gedrückt und mit zwei Stricken am Bug und Heck an die Gitter zweier Kellerfenster so festgemacht, das sich über ihm genau das Fenster von Hildegards Zimmer befand. Das Boot war leer. Jedenfalls war kein lebendes Wesen darin. Die Ruder lagen auf den beiden Sitzbrettern und ragten ein Stück über die Bordwand hinaus.

Der Assessor dachte an seine Reise in die Schweiz als Student von Freiburg aus – „Auf der Alm, da gibt's ka Sünd." – und an das, was man dort „das Fensterln" nennt. Ein leiser Pfiff oder ein kleines Steinchen ans Fenster … „He Zenzi, i bin's, der Jackl …" – Eine Leiter ans Fenster und …

Hier unter Hildegards Fenster war eine Leiter allerdings nicht nötig, weil es von dem Nachen aus über einen Mauersims recht einfach zu ersteigen war. Aber es waren doch zwei Gestalten im Boot gewesen – zwei! Das war für den von Linker vermuteten Zweck genau einer zu viel. Oder ob die Hildegard vielleicht …?

Karl Linker wurde aus der Sache nicht recht klug. Der graue Hut nebenan hatte jetzt ja wohl offensichtlich Besuch, ohne jeden Zweifel. Aber zu welchem Zweck? – Doch konnten die Insassen des Nachens nicht aber auch in eines der Kellerfenster eingestiegen sein, um irgendeinem lichtscheuen Gewerbe nachzugehen, um etwas zu stehlen? Gewiss, da waren die Gitter. Die ließen sich aber möglicherweise beseitigen, die konnten ja auch längst von Rost zerfressen sein. So oder so – die Sache wurde jetzt richtig interessant. Und Linker beschloss, einen Teil seiner notwendigen Nachtruhe zu opfern. Er wollte jetzt einfach wissen, wie diese Geschichte enden würde.

Er lehnte sich mit den Armen auf das Fensterbrett und wartete lauernd. Bald wurde ihm jedoch die Zeit zu lang. Allmählich wurde es unbequem und die Ellenbogen begannen zu schmerzen. Die Turmuhr von St. Katharinen – richtig, den Namen hatte ihm Frau Kunert genannt, als sie ihm das Abendrot gebracht hatte – schlug bereits eins.

Linker kämpfte gegen die zunehmende Müdigkeit an. Ach, eigentlich – was ging ihn der Nachen unter dem Fenster des grauen Hutes überhaupt an? Mochte die Tochter seiner Zimmerwirtin so viele nächtliche Besucher empfangen wie sie verkraften konnte, das war ihm doch vollkommen schnuppe. Von ihm aus hätte da unter dem Fenster auch ein Ausflugsdampfer vollbesetzt mit einem Männerchor festmachen können. Hatte er es denn nötig, morgen seinen Dienst bei dem Vereinsmeier halb verschlafen anzutreten? Und dazu musste er noch gleich als Vertreter seines Brotherrn vor der Strafkammer als Verteidiger erscheinen. Da hieß es, frisch sein, geistig rege, ausgeruht. Stand ihm doch kaum Zeit zur Verfügung, um die Akten auch nur flüchtig durchzusehen. Der Straffall sollte allerdings einigermaßen einfach und plausibel sein, wie ihm Mendel versichert hatte ...

Doch der kleinen Nachen wirkte wie ein Magnet. Linker kam nicht vom Fenster fort. Er gähnte immer häufiger, er begann auch zu frösteln. Die Augen fielen ihm zu, der Kopf senkte sich. Dann zuckte er wieder empor. Doch er wollte nicht einschlafen ...

Da fiel ihm der Tee ein, den er bestellt hatte. Eine Tasse davon würde ihn vielleicht aufmuntern. So ließ er denn den Vorhang zurückfallen, strich ein Hölzchen an und goss sich eine Tasse ein. Das Kännchen nebst Zubehör stand auf dem Mitteltisch. Auch eine kleine, bunte Zuckerschale war dabei. Der Assessor nahm einen halben Teelöffel Zucker, rührte schnell um und trank die Tasse in einem Zuge leer. Frau Kunath hatte mit den Teeblättern allerdings zu sehr gespart. Linker liebte das Getränk schwarzbraun, nicht so durchsichtig wie diesen plörrigen Aufguss. Das wollte er ihr gleich morgen sagen. Bevor er ans Fenster zurückkehrte, fiel ihm ein, dass er seine Zimmertür nicht verriegelt hatte. Er holte es nach beim schwachen Schein eines weiteren Zündholzes.

Jetzt erst fiel ihm auf, wie altertümlich das Türschloss war. Die Beschläge waren aus Schmiedeeisen und der Riegel war solide und sehr stabil. Das Hölzchen war fast abgebrannt. Der Assessor wollte auf seinen Lauscherposten am Fenster zurückkehren, blieb aber stehen und beugte den Kopf horchend vor. Draußen vom Flur hatte er ein Geräusch vernommen, ein leises Quietschen von Eisenteilen, die sich aneinander reiben. Die Türklinke bewegte sich da plötzlich, sie wurde von jemandem auf der anderen Seite herabgedrückt ...!

Jemand probierte, ob die Tür wohl verschlossen war! Linker schleuderte das abgebrannte Zündholz weg. Der Geruch von verbranntem Horn stieg ihm in die Nase. Er hatte sich einen Fingernagel angesengt. Wieder war das leise Quietschgeräusch zu hören. Er ahnte mehr als er es in der fast völligen Dunkelheit wahrnehmen konnte, dass sich der Handgriff des Türdrückers wieder in seine Ausgangslage zurückbewegte. Der Assessor spürte, wie sein Herz schneller pochte. Reglos und mit unterdrücktem Atem stand er da. Und alle Müdigkeit war verflogen. Im Flur blieb es geisterhaft still; da war kein Dielenknarren oder ein sonstiges Geräusch einer sich entfernenden Person zu hören. Nach einer Weile angestrengten Lauschens schlich er auf Strümpfen zum Fenster zurück.

Wie hellhörig es in diesem alten Haus war. Irgendwo in der Holztäfelung der Wand tickte eine „Totenuhr" – ein Holzwurm. War das in Linkers Zimmer? Oder in der Wand im Flur? Oder über Ihm? Oder saß das Tier noch weiter weg irgendwo im Gebälk des Fachwerks, welches das leise Klopfen in jeden Raum des Gebäudes übertrug?

Der Holzwurm war jedoch nicht das einzige muntere Wesen in diesem knisternden Gemäuer; oben knarrte jetzt eine Diele. Der

Bewohner von obendrüber schien also auch noch herumzugeistern. Da! – Wieder das Knarren … Der Assessor lüftete den Vorhang und reckte seinen Kopf ins Freie, zog ihn aber schnell wieder zurück. Im Nachen hatte ein Mann gestanden in vornübergebeugter Haltung. Sehr vorsichtig wagte Linker einen erneuten Blick nach draußen. Der Mann hatte jetzt die Ruder in den Händen und schob sie im Bug unter das vordere Sitzbrett. Er richtete sich auf. Der Assessor zog seinen Kopf abermals zurück. Nach einer Weile hörte Linker draußen ein unterdrücktes Flüstern. Er beugte sich vor. Der Mann im Nachen stützte die hochgestreckten Hände auf den Fenstersims nebenan, wobei er einer nicht sichtbaren Person etwas zuraunte. Kaum vier Meter war Linkers Kopf von dem Mann entfernt. Der zweite Unbekannte war wohl bei Hildegard im Zimmer. Hätte der im Boot nur ein einziges Mal nach links geschaut, so hätte er den Lauscher sofort entdeckt. Aber das, was er vorhatte, nahm wohl seine ganze Aufmerksamkeit in Anspruch.

„Merkwürdig, wie müde ich plötzlich wieder werde!", dachte Linker, dem jetzt trotz der spannenden Vorgänge draußen die Lider schwer wurden. Er musste wirklich seine ganze Willenskraft aufbieten, um nicht der Müdigkeit zu unterliegen. Nur jetzt nicht einnicken! Um keinen Preis …!

Da! Über dem Sims des Nebenfensters erschienen zwei Beine, Männerbeine, schwarze Stiefel, dunkle Hose. Wie kraftlos sie hin und her baumelten … Und der im Boot packte auf einmal kräftig zu und zog daran, fing dann einen anscheinend bewusstlosen Körper auf. Der Mann unten im Nachen besaß offenbar außergewöhnliche Kräfte. Mit welcher Mühelosigkeit er nun den Bewusstlosen in dem Boot verstaute …

Karl Linkers Augenlider waren jetzt auf einmal schwer wie Blei, und wohl noch viel schwerer. Der Vergleich reichte kaum aus, um diese unglaubliche Müdigkeit zu beschreiben. Aber etwas Schwereres war ihm nicht bekannt. Er fragte sich, wie das nur geschehen konnte; woher kam diese ungeheure Schwere, die sich so schnell und unaufhaltsam seines gesamten Körpers bemächtigte, so sehr er sich auch dagegen stemmte? Er konnte die Augen einfach nicht mehr offenhalten, er hatte nur einen Wunsch, sie für einen kleinen Moment zu schließen und …

… Frau Harrich, seine künftige Schwiegermutter trat mit polternden Schritten ins Zimmer ohne anzuklopfen, wobei sie die Tür mit einer solchen Gewalt aufstieß, das sie fast aus den Angeln sprang. Es war heller Tag. Das schwammige Gesicht der Frau, dick gepudert wie immer, hatte die Wut zu einer furchtbaren Fratze mit blutunterlaufenen Augen verzerrt. Sie riss ihr Schildpattlorgnon von der Goldkette los und schleuderte es Linker an den Kopf. Er hob schützend die Hände, doch das Lorgnon traf ihn an der Stirn wie ein kantiger Stein.

„Betrüger!", kreischte die Frau. „Meine arme Lotte!"
Seine Mutter kam über die Wiese gelaufen. Sie trug ein durchscheinendes Nachthemd und ihren Sonntagshut und sie rang verzweifelt die Hände … Nein, es war doch keine Wiese. Es war das Zimmer im hinteren Gebäude der Wilhelmstraße in Berlin, wo Linker sechs Stunden lang auf Herz und Nieren von ehrwürdigen, sehr klugen Herren geprüft worden war, die unheimliche Fragen stellten und auch leicht stellen konnten, da sie sie sich daheim in der Studierstube aus dicken Büchern heraussuchen durften, während ihre armen Opfer all das im Kopf haben sollten … Ja, es war die Assessorenfabrik, das Examenszimmer. Und der Vorsitzende verkündete eben im Namen der Prüfungskommission, dass der Referendar Dr. juris. Karl Linker wegen ganz ungenügender Leistungen zur Verschickung nach Sibirien verurteilt worden sei. Dann klopfte er mit der Faust wie in wilder Wut auf den Tisch, dass es nur so dröhnte, immer lauter …

Und da erwachte er. Er fand sich in Kleidern auf dem Diwan wieder, der an der Wand stand, die dem noch halb offenen Fenster zunächst lag. Und durch diesen Fensterflügel, der den dicken Vorhang ein wenig hochbauschte, drang das helle Tageslicht herein. Völlig schlaftrunken nahm er diese Einzelheiten wahr. Doch der Vorsitzende in der Assessorenfabrik schlug noch immer auf den Tisch, das war deutlich zu hören. Allmählich begriff Linker, dass da jemand von draußen recht kräftig an seine Zimmertür pochte.

Stöhnend richtete er sich auf. Jetzt hörte er Frau Kunaths Stimme: „Herr Assessor! – Herr Assessor! – Ich sollte Sie doch um sieben wecken!"

„Schon gut – danke!", rief Karl Linker zurück und erhob sich taumelnd. Wie schwer ihm der Kopf war, und wie wüst hinter der Schädeldecke die Gedanken durcheinanderirrten ...

Er stand halbwegs aufrecht und versuchte sich zu erinnern. Langsam baute er, gleichsam Stein auf Stein, die einzelnen Vorgänge der verflossenen Nacht zu einem verständlichen Gesamtbild zusammen. Oh Gott, was war davon nun Traum und was war tatsächliches Erleben? – Er fand sich nur sehr schwer zurecht in dieser jüngsten Vergangenheit mit ihren Unwahrscheinlichkeiten ... Der Nachen – er war wohl dagewesen. Aber der Mann, den man aus Hildegards Fenster gehoben hatte und der so willenlos wie ein Toter oder Bewusstloser zu sein schien, der gehörte sicher zu der Reihe von Traumgebilden wie Frau Harrich mit dem Lorgnon als Wurfgeschoss, wie die Mutter im Nachthemd und der Vorsitzende mit der donnernden Faust.

Der Assessor hatte sich gründlich gewaschen und den Kopf dabei immer wieder in die Schüssel getaucht. Nun war er fertig angezogen. – Halt! Das Bett musste das Lügen lernen, es musste vortäuschen, dass er darin die Nacht zugebracht hatte. Er drückte die Kissen ein, tat alles, um der guten Frau Kunath eine friedliche Nachtruhe vorzumogeln. Da kam sie auch schon mit dem Morgenkaffee.

„Gut geschlafen, Herr Assessor?"

Er bejahte flüchtig. – Aber der Tee dürfte künftig ruhig ein wenig kräftiger sein.

Knapp vor acht Uhr traf er in der Langgasse ein, wo der „Vereinsmeier" seine Anwaltspraxis in einem frisch renovierten Eckhaus hatte. Jetzt fehlte leider die Zeit, um sich noch weiter mit dem kleinen Nachen und den beiden Männern, die zum „Fensterln" gerudert waren, zu beschäftigen. Der Dienst verlangte alle Konzentration. Die neuen Verhältnisse rückten die verflossene Nacht mit ihren dunklen Geschehnissen vorläufig in den Hintergrund.

Mendel hatte Linker eine Stube gleich neben seinem eigenen Sprechzimmer eingeräumt. Dort beugte sich der Assessor nun über die Strafsache Pößnick und Genossen. Diese Biedermänner, drei an der Zahl, sollte er heute vor der Strafkammer an Stelle seines Brotgebers verteidigen. – Aussichtslose Sache. Die Beweise waren erdrückend. Bandendiebstahl lag vor. Es kam nur darauf an, durch glänzende Beredsamkeit das Strafmaß herabzudrücken, falls die Herren Richter überhaupt auf den Verteidiger hören würden. Um elf Uhr stand die Sache Pößnick und Genossen zur Verhandlung an. Linker war rechtzeitig zur Stelle.

Der große Unbekannte

„Angeklagter Pößnick, Sie sollten lieber nicht versuchen, sich hier als den Verführten aufzuspielen! Sie wollen uns wohl ein Märchen aufbinden! Das mitanzuhören haben wir keine Zeit. In der Voruntersuchung haben Sie kein Wort davon erwähnt, ebenso wenig Ihre Freunde Kalker und Rowarke, dass ein … großer Unbekannter der eigentliche Hauptschuldige bei der Beraubung des Dampfers „Ella" gewesen sei. Warum verschwiegen Sie denn diesen Umstand bisher? – Nun, die Antwort ist einfach: Diesen Unbekannten gibt es gar nicht!"

Karl Linker, jetzt im Anwaltstalar, erhob sich. „Ich bitte darum, den Angeklagten Pößnick seine Geschichte ohne Einschränkung erzählen zu lassen", sagte er mit einer Ruhe, die er sich selbst kaum zugetraut hatte. Bisher war er kaum zu Worte gekommen. Jetzt galt's. Der Vorsitzende lächelte gutmütig.

„Aber, Herr Verteidiger, das hätte doch gar keinen Zweck. Wir haben heute wirklich noch genug Sachen zu erledigen."

Er zuckte die Achseln und flüsterte dem einen Beisitzer etwas zu. Der lächelte nun gleichfalls, offenbar über die Leichtgläubigkeit dieses jugendlichen Vertreters des Rechtsanwalts Mendel. Linker fühlte die Bedeutung dieser stillen Heiterkeit oben am Richtertisch sehr deutlich heraus. Er wurde rot vor Ärger. ‚Wartet, Ihr sollt schon sehen …!‘, dachte er. Und laut, beinahe etwas anmaßend, beantragte er nun in aller Form, den Pößnick über dieses neue Moment eingehend zu vernehmen. Am Richtertisch wurden missbilligend die Köpfe geschüttelt. Da fügte der Assessor auch schon hinzu: „Zur Begründung meines Antrages führe ich folgendes an: Gewiss, meine drei Klienten haben auch der Verteidigung leider erst heute von diesem Unbekannten Mitteilung gemacht. Sie hatten hierfür ihre besonderen Gründe. Sie wollten die Inhaberin einer kleinen Kneipe schonen, bei der sie sich öfters zusammenfanden und bei der auch zuweilen jener Unbekannte erschien. Ich beantrage also gleichzeitig auch, die Restaurationswitwe Anna Gundlach als Zeugin zu laden und, um eine Vertagung zu vermeiden, sie durch einen Gerichtsdiener unverzüglich holen zu lassen. Die Frau Gundlach wird unter Eid bekunden, dass es diesen Unbekannten tatsächlich gibt.“

Der Vorsitzende und der Staatsanwalt tauschten einen erstaunten Blick aus. „Dürfte ich fragen, Herr Verteidiger, woher Sie dieses Entlastungsmaterial haben?“, meinte der Vorsitzende nun etwas interessierter. „Sie hätten diese Dinge doch besser vorher schriftlich zu den Akten geben sollen, damit auch der Herr Vertreter der Anklage hierzu hätte Stellung nehmen können.“

„Ich bitte um Verständnis, das neue Material ist mir, wie bereits erwähnt, erst heute zugängig geworden“, erwiderte Linker kühl. „Ich ersuche Sie daher höflichst, über meine Anträge Beschluss zu fassen. Ich wäre nötigenfalls auch mit einer Vertagung einverstanden.“

Da stand der Staatsanwalt auf, ein korpulenter Herr mit üppigem Vollbart, und erklärte, er bäte um Ablehnung der Anträge, durch deren Annahme lediglich eine Verschleppung des Prozesses herbeigeführt werden würde. Linker meinte in ziemlich scharfem Ton, dass dann wohl ein Revisionsgrund gegeben sei. Ihm sei auch das recht. Der Gerichtshof zog sich zur Beratung zurück, kam jedoch bald wieder. Die Anträge der Verteidigung waren abgelehnt worden als unerheblich. So musste der Angeklagte Pößnick denn notgedrungen auf den Vortrag seines sogenannten Märchens verzichten. Linker hatte jetzt kein Interesse mehr an der Verhandlung. Er hatte leise mit den drei Angeklagten gesprochen, die eifrig nickten. Der Staatsanwalt beantragte für jeden drei Jahre Gefängnis. Des Assessors ganzes Plädoyer bestand in den Sätzen: „Die Verteidigung verzichtet im Einverständnis mit den Angeklagten auf das Wort und wird Revision beantragen, um vor der Oberinstanz deren prozessuale Rechte mit hoffentlich größerem Erfolg wahrnehmen zu können."

Das war beinahe schon frech, diese letzte Redewendung. Aber der Vorsitzende lächelte schon wieder milde. Der Verteidiger war ja noch so jung und unerfahren.

Pößnick und Genossen wurden dann zu je drei Jahren Gefängnis verurteilt und nach Schluss der Verhandlung wieder in die Untersuchungshaft abgeführt. Trotzdem verließ Karl Linker stolz wie ein Sieger den Gerichtssaal. Seine Abschiedsverbeugung für den Gerichtshof fiel sehr dezent aus. Den Staatsanwalt übersah er dabei absichtlich.

Es war jetzt halb eins. Der Assessor wollte versuchen, ob er Mendel noch im Anwaltszimmer des Landgerichts nebenan treffen könnte. Er musste ihm doch von dieser neuen Wendung der Dinge Mitteilung machen. Mendel saß mit einem Kollegen zusammen in einer Ecke des Raumes, wo beide sich über Stadtklatsch unterhielten, damit sie nachher ihren Frauen etwas Neues erzählen konnten. In diesem Raum war schon aus manchem Vorkommnis eine große Staatsaffäre mit verschiedenen recht „tief untergrabenen guten Rufen" geworden.

Linker nahm seinen Brotherrn beiseite. Der fragte sofort und kurz: „Wieviel?" Das hieß: Höhe der Strafe für Pößnick und Genossen. „Drei Jahre?!" meinte Vereinsmeier dann fast entsetzt. „Die Leute waren doch sämtlich noch nicht vorbestraft! Ich hatte an anderthalb gedacht. Aber gleich drei …!" Das klang wie ein milder Vorwurf gegen Linker. Der erzählte nun, wie Pößnick ihm kurz vor der Verhandlung noch folgendes anvertraut hätte: Die zwanzig Sack feinsten Sumatra-Kaffee von dem Dampfer „Ella" gestohlen zu haben, wollten er und seine beiden Kumpane gar nicht weiter leugnen. Aber sie hatten diesen Diebstahl nur mit Hilfe einer anderen Person ausführen können, die sie auch hierzu angestiftet hatte. Sie waren seit langem Stammgäste in der Kneipe der Frau Gundlach unten am Hafen. Die Frau hatte ihnen wiederholt Geld geborgt, war überhaupt keine von denen, die einem Hafenarbeiter das Fell über die Ohren ziehen. Nein, in ihren Kreisen erfreute die Gundlach sich großer Beliebtheit.

Eines Abends Anfang März hatten die drei Freunde, sämtlich unverheiratet und in den besten Jahren stehend, bei Mutter Gundlach Skat gespielt. Dann war ein Fremder an ihren Tisch gekommen. Er sah wie ein Pole oder Ungar aus und sprach auch ein schlechtes Deutsch, hatte einen sehr schäbigen Anzug an, verfügte trotzdem aber über genügend Münze, spendierte viel, ging dann fort, kam aber am folgenden Abend wieder. In fünf Tagen hatte er sich mit den drei Arbeitern so angefreundet, dass er vertraulich zu werden begann, von Hamburger Hafendiebstählen und dergleichen erzählte und den dreien sozusagen den Mund auf einen spielend leichten Verdienst wässrig gemacht. Alles weitere war von selbst gekommen. Im kleinen Privatzimmer Mutter Gundlachs hinter dem Schankraum fanden dann die endgültigen Verhandlungen statt. Der Fremde, der sich Marzkiewiak nannte, hatte ihnen genau Tag und Stunde angegeben, wann sie mit einem großen Boot an den Dampfer heranrudern sollten, der an der Quarantänestation lag und wegen eines an Bord vorgekommenen Cholerafalles seine Ladung vorläufig nicht löschen durfte und der zu der angegebenen Zeit unbewacht sein würde. – Dann wurde auch noch Mutter Gundlach, die Marzkiewiak schon vorher wohl so halb und halb gewonnen hatte, ins Vertrauen gezogen. An ihrem Grundstück ging ein Wasserarm in Gestalt eines Grabens bis nach den Nelson-Schiffswerften vorüber, den man gut benutzen konnte, um die Kaffeesäcke heimlich in das Hinterhaus der Kneipe zu schaffen. – Als sich die drei Männer gegen Mitternacht dem Dampfer näherten, rief Marzkiewiak sie wie versprochen von Deck aus heran und half dann auch die Säcke, die schon aus dem Lagerraum herausgeholt waren und auf dem Vorschiff lagen, im Boot zu verstauen. Kein Mensch hatte sie dabei gestört, und sicher und wohlbehalten wurden die Säcke nachher auch bei Mutter Gundlach untergebracht, um von dort aus Tag für Tag morgens einzeln in einem scheinbar mit Kleinholz beladenen Wagen nach Pößnicks Wohnung geschafft zu werden, wo sie dann die Polizei, wahrscheinlich auf Grund des Hinweises eines missgünstigen Nachbarn, dem die vielen Holzfuhren aufgefallen sein mochten, beschlagnahmte und die gerade anwesenden drei Freunde auch gleich verhaftete. – Schon vorher hatten diese genau verabredet, was sie, falls sie der Polizei in die Hände fallen sollten, zu ihrer Rechtfertigung aussagen würden. Sie hätten ein Boot mit den zwanzig Sack Kaffee nachts am Hafenbollwerk ohne Aufsicht gefunden, die Säcke dann in einem leeren Schuppen verborgen und nachher weggeschafft. – Dies auszusagen hatte ihnen Marzkiewiak für alle Fälle geraten und ihnen jeweils hundert Mark Vorschuss unter der Bedingung gegeben, dass sie ihm fest versprachen, auf diesen Angaben zu beharren. Sie hatten dann die Gundlach eigentlich nicht mit hineinziehen wollen und waren daher lange bei ihrer Aussage geblieben, bis am Morgen des Verhandlungstages den Pößnick die Angst vor einer hohen Strafe gepackt und er endlich seinem Verteidiger die volle Wahrheit gebeichtet hatte.

Mendel nahm diesen Bericht in ziemlicher Gleichgültigkeit hin. Sein Interesse an der Verteidigung einer Strafsache war stets sehr gering, wenn er meinte, dass dort nur eine Verurteilung dabei herauskommen konnte.

„Weißt du, lieber Linker", meinte er, „am besten ist, du erledigst den Fall auch weiter allein. Ich bin sehr stark in Anspruch genommen durch meine Ehrenämter. Heute wird man mich wohl noch ins Kuratorium der landwirtschaftlichen Ausstellung wählen, die im August hier stattfinden soll. Also, nicht wahr, du wirst die Geschichte für die Revisionsinstanz vorbereiten."

Vom Landgericht begab Linker sich nach Hause. Er hatte nicht nur anständigen Hunger, sondern war auch todmüde. Er benutzte die Straßenbahn und sparte so eine kostbare Viertelstunde, denn um vier Uhr musste er schon wieder im Büro sein. In der Straßenbahn studierte er dann nochmals die Akte Pößnick und Genossen. Er wollte seine erste Strafsache gleich recht gründlich bearbeiten. Der Fall lag doch immerhin etwas ungewöhnlich. Die Protokolle über die Vernehmungen der Besatzung des Dampfers „Ella" waren auch unter den Vorgängen. Der Kapitän Richter hatte den Diebstahl gleich am nächsten Morgen bemerkt. In der Nacht wollte er infolge eines vorausgegangenen Zechgelages mit Bekannten, an dem auch der Steuermann und der Maschinist teilgenommen hatten, fest in seiner Kabine geschlafen und nichts Verdächtiges gehört haben. Die anderen Leute des Dampfers hatten genau so wenig aussagen können. Wie die Säcke überhaupt an Deck gekommen waren, blieb in der Voruntersuchung jedenfalls ganz ungeklärt. – Erst jetzt wusste Linker darüber besser Bescheid. Aber immer noch zu wenig, um sich ein klares Bild davon machen zu können, welche Rolle dieser geheimnisvolle Marzkiewiak dabei gespielt hatte.

Es gab hier also noch verschiedene dunkle Punkte aufzuklären, und für diese Arbeit gedachte Linker sich die Hilfe eines Polizisten zu sichern. Wie aus den Akten hervorging, hatte der sich sehr bemüht, etwas mehr Licht in das über diesem Diebstahl lagernde Dunkel zu bringen.

Dieser Beamte hieß Trebitz und wohnte zusammen mit mehreren Kollegen von der Strompolizei in einem abgetakelten und zum Wohnschiff umgebauten Dreimaster, der vor dem Krantor im Hafen vertäut war. Trebitz war heute ebenfalls vor der Strafkammer als Zeuge vernommen worden, hauptsächlich um zu beurkunden, dass sich die Hafendiebstähle gerade in den letzten zwei Monaten sehr vermehrt hatten. Es zeichnete sich ab, dass hier wohl mehrere Banden von Flusspiraten am Werke waren, die die Plünderung vor Anker liegender Schiffe zu ihrem Spezialgewerbe gemacht hatten.

Als Linker sein Zimmer betrat, deckte Hildegard gerade den Tisch für das Mittagessen. Der Prozess Pößnick und Genossen war in demselben Augenblick völlig vergessen, da er das junge Mädchen vor sich sah.

Blitzartig tauchten in seiner Erinnerung die Vorgänge der letzten Nacht in aller Deutlichkeit wieder auf. Und jetzt war ihm plötzlich auch klar, dass selbst diese so unwahrscheinliche Beobachtung, das Hineinheben eines möglicherweise Toten oder Bewusstlosen in den kleinen Nachen, kein Traumbild gewesen war. Die leblos scheinende Gestalt war aus Hildegards Fenster herausgeschafft worden. – Und Hildegard stand jetzt vor ihm …

Er musste sie wohl für ein paar Sekunden wie eine Geistererscheinung angestarrt haben. Als ihm dies bewusst wurde, riss er sich errötend zusammen. Er konnte hoffen, dass sie es nicht bemerkt hatte. Jedenfalls tat sie so, als hätte sie es nicht bemerkt. Sie war anscheinend eine recht scharfsinnige junge Frau und womöglich war sie auch recht kaltblütig.

„Guten Morgen, Herr Assessor", sagte sie, indem sie ihn kurz und unauffällig aus den Augenwinkeln musterte. Ihre Worte hatten recht förmlich geklungen.

„Guten Morgen, Fräulein. – Sehr liebenswürdig, dass Sie einem Ausgehungerten so augenscheinliche Hoffnung machen, sich bald vor ein leckeres Mal setzen zu dürfen."

Der salopp scherzhafte Spruch gelang ihm wohl nicht so ganz ohne ein wenig dabei zu stocken, was diesem einen gehörigen Teil seiner beabsichtigten Wirkung vermasselte. Der etwas verschlossen anmutende Zug um Hildegards Mund veränderte sich daraufhin auch tatsächlich nicht und ihre ganze Körperhaltung und ihre seltsam verhuscht wirkenden Bewegungen schienen eine merkwürdige Befangenheit anzudeuten. Alles an ihr brachte zum Ausdruck, dass sie sich seiner aufmerksamen Anwesenheit zwar durchaus bewusst war, dass sie sich jedoch bemühte, dies aus einem geheimnisvollen Grund zu ignorieren. Er registrierte das sehr wohl, konnte sich aber absolut keinen Reim darauf machen. Es war, als läge ein leises Knistern in der Luft zwischen ihnen. Er schwieg nun lieber und dachte: ,Was bist du nur für ein rätselhaftes Zauberwesen?'

Mit zögernden Schritten ging sie zur Tür, blieb dort stehen, wandte sich um, schaute ihn auf einmal offen an für die Dauer zweier schneller Atemzüge ... und verließ das Zimmer.

Seltsam. – Nein, er wurde nicht klug aus ihr, ebenso wenig wie aus den Vorgängen der vergangenen Nacht, an denen sie ja unzweifelhaft beteiligt gewesen sein musste.

Der Herr von obendrüber

Frau Kunath trug das große Tablett mit dem Mittagessen herein.

„Hoffentlich schmeckt's", meinte sie in ihrer verschüchterten Art. „Es ist ein ostdeutsches Gericht, Erbsen mit Schweinepökelfleisch."

Linker beruhigte sie. „Das Abendrot gestern war schon großartig. Und Erbsen sind mein Leibgericht."

Lautlos glitt sie wieder hinaus. Auch bei ihr kam heute so etwas Gedrücktes, Scheues zum Ausdruck. Das musste wohl etwas sein, das nicht nur Hildegard an sich hatte, so als wäre im Umfeld der Familie etwas vorgefallen, von dem er nichts erfahren sollte ...

Linker war recht hungrig und begann mit bestem Appetit zu essen. Doch seine Gedanken vergällten ihm schon nach wenigen Bissen die schmackhafte Mahlzeit. – Was war nur in der verflossenen Nacht geschehen? Was hatte es mit dem Mann auf sich, der so heimlich aus Hildegards Zimmer weggebracht worden war? – Immer enger schloss sein Denken gerade diese Einzelheit ein, zerlegte sie, um zu einer Erklärung zu kommen. Er grübelte und stellte mal diese, mal jene Theorie auf durch allerlei Kombinationen. – Umsonst. Nur eines wurde ihm klar: Hier in dem alten Mühlenhaus spielten sich Dinge ab, die weit über Fensterln und ähnliches hinausgingen, hier konnte durchaus ein handfestes Verbrechen geschehen sein, und er lief Gefahr, zu einem Mitwisser zu werden.

Plötzlich wurde ihm ganz heiß. Er schob den Teller von sich noch bevor er geleert war und stand auf, um das Fenster zu öffnen. Mit einem Mal wurde ihm schwarz vor den Augen, ein Schwindel erfasste ihn, dass er sich an der Tischkante festhalten musste. Allmählich kehrte sein Gleichgewichtssinn wieder zurück. Das war sicher eine Folge der Nacht, des Schlafes auf dem Diwan und der wirren Träume. – Ja, wie hatte er eigentlich vom Fenster den Diwan erreicht ...? Seine Erinnerung hörte von dem Moment an auf, wo ihm die Augenlider mit Blei belastet erschienen waren und nur der eine Wunsch ihn erfüllt hatte: Ruhen ... schlafen ...

Jetzt fiel sein Blick auf den Schreibtischaufsatz. Dort hatte er Lottes Bild hingestellt. Jetzt standen daneben zwei Vasen mit Anemonen, diesen ersten Kindern des Frühlings. Lotte war so nahezu umrahmt von den frischen, weißen Blüten.

Ach, Lotte! Wie fern sie ihm gerückt war, seit seinem Einzug in dieses Zimmer ... Und ihm wurde schlagartig bewusst, mit welcher inneren Gleichgültigkeit er an sie dachte wie an eine Fremde. Zu Hause, wo sie täglich zusammen gewesen waren, hatte ihre Jugendfrische ihm das Sichselbstbelügen leichtgemacht. Da hatte er wirklich geglaubt, etwas für sie zu empfinden. Und jetzt? – Diese vier Wochen in der Heimat hatten nichts geändert. Es waren kalte Gedanken prüfender Gleichgültigkeit auch hier wie damals in Berlin schon kurz nach seiner Verlobung. Mit einiger Bitterkeit dachte er an seine Mutter, deren stolzes Werk dieses Verlöbnis war.

Lange schaute er auf die Fotografie. Die Gesichtszüge verschwammen ... Es war der „graue Hut" dort zwischen den Anemonen – es war Hildegard mit ihren merkwürdigen Augen, in denen er sich verlieren konnte in einer unendlichen Tiefe ...

Es klopfte, laut und kräftig. – Auf sein „Herein!" erschien ein junger Mensch, langaufgeschossen, etwas blass. Aber die Ähnlichkeit mit Hildegard war unverkennbar.

„Arnold Kunath", stellte er sich mit einer schlaksig angedeuteten Verbeugung vor. Der junge Mann hatte einen Zug im Gesicht, der nicht gerade zu seinen Gunsten sprach: Frühreife, gepaart mit einer erkünstelten Blasiertheit und deutlich zur Schau getragenem

Selbstbewusstsein. Dabei war er sehr gut, sogar ein wenig stutzerhaft gekleidet. Seine eckigen Bewegungen wirkten ein wenig ungeschliffen geckenhaft und sollten wohl seine innere Unsicherheit überspielen. Linker reichte ihm die Hand.

„Freut mich, Sie kennenzulernen. – Wollen Sie kurz Platz nehmen?"

„Danke verbindlichst. Ich wollte Ihnen nur Herrn Reschke melden, der ein Anliegen an Sie hat, Herr Assessor."

„Reschke? – Wer ist das?"

„Der Herr, der über Ihnen wohnt. Ein Kanzlist." Die Geringschätzung, die der patente Arnold Kunath für Reschke empfand, war deutlich aus der Betonung seiner Worte zu spüren.

„Grüner Bengel!", dachte der Assessor und sagte: „Wollen Sie dann Herrn Reschke bestellen, dass ich ihn erwarte."

Der junge Kunath machte wieder so eine Verbeugung und schob ab.

Dann kam Herr Ernst Reschke. Bei Linker hieß er seit der ersten Nacht John Gabriel Borkmann, wegen des ruhelosen Auf- und Abgehens. Ein großer, stattlicher Greis mit fast weißem Kopf- und Barthaar und mit großen tiefliegenden Augen, eine edel geformte Nase, das leicht lockige Haar etwas dichtermäßig lang und nach hinten gestrichen, die Kleidung recht ärmlich, aber sauber; alles recht sympathisch wirkend. Der Assessor hatte mit einladender Handbewegung auf einen der Sessel gewiesen.

„Bitte, nehmen Sie Platz, Herr Reschke."
Über das Gesicht des Alten, dem ein Hauch von Schwermut und nachdenklichem Ernst eine gewisse Würde verliehen, lief ein froher Schein. Vielleicht hatte er gemeint, hier weniger liebenswürdig empfangen zu werden? Zögernd setzte er sich, lehnte sich zurück und sagte schlicht: „Ich bin nur ein simpler Lohnschreiber, Herr Assessor. Und vielleicht ist es aufdringlich von mir, so ohne weiteres …" Er hatte langsam und bedächtig mit einer tiefen, kräftigen Stimme gesprochen, brach plötzlich ab und fuhr leise und geheimnisvoll fort: „… Sie so ohne weiteres mit einer Angelegenheit zu behelligen, die uns beide eigentlich nichts angeht – eigentlich! Und

doch geht sie uns anderseits etwas an, ich habe Ihren Kopf letzte Nacht außerhalb Ihres Fensters bemerkt. Das klärt Sie wohl schon einigermaßen auf."

Karl Linker war überrascht. Dann lächelte er: „Ich verstehe, Herr Reschke. Sie haben also auch bemerkt, was da …"

„Leise, leise!", warnte der Alte den Assessor hastig unterbrechend. „Vergessen Sie nicht, dass ‚Sie' jetzt daheim ist und uns vielleicht zu belauschen versucht."

Linker nickte Reschke vertraulich zu. Zwischen ihnen hatte sich schnell so etwas wie eine Bundesgenossenschaft ergeben.

„Also auch Sie haben das Boot beobachtet", meinte er leise.

„Allerdings. – Wir sollten aber hier nicht weiter über diese Angelegenheit sprechen. Unser Flüstern könnte Argwohn erregen. Kommen Sie bitte nachher zu mir und bringen Sie mir Arbeit. Sie werden mich gleich verstehen."

Und laut fuhr er fort: „Ja, Herr Assessor. Ich wollte Sie nur bitten, wenn Sie einmal eine Abschrift zu fertigen haben oder einen Aktenauszug, das können Sie sehr preiswert und schnell von mir haben."

Linker fand sich sofort in die veränderte Tonart hinein. „Gern, Herr Reschke. Ich werde an Sie denken. Es wird schon hin und wieder Arbeit geben."

Der Alte erhob sich, verbeugte sich wohl absichtlich übertrieben tief und unterwürfig und ging.

Gleich darauf erschien Hildegard, um den Tisch abzuräumen. Linker saß im Sessel und hatte die Beine ausgestreckt. Wenn er es nur zugelassen hätte, so wäre er auf der Stelle eingeschlafen, denn er spürte immer noch etwas von dieser bleiernen Müdigkeit der Nacht in seinen Gliedern.

Der „graue Hut" blieb schweigsam. Als der Assessor sich dann für die Blumen bedankte, die Lottes Bild so frühlingshaft einrahmten, sagte Hildegard kühl: „Sie wenden sich an die falsche Adresse. Meine Mutter hat die Anemonen aus der Markthalle mitgebracht."

„Jedenfalls bleibt es eine hübsche Aufmerksamkeit, Fräulein. Ich werde das Frau Kunath noch selbst ausrichten."

Hildegard schaute Linker mit einem seltsamen Blick an. Was darin lag, vermochte er nicht zu deuten. Es war ein besonderer Ausdruck in ihren Augen, den er noch nicht kannte.

„Zu einer Braut gehören Blumen", sagte sie leise. Dann mit veränderter Stimme: „Herr Reschke von oben wird wohl um Arbeit gebeten haben. – Könnten sie nicht etwas für ihn tun, Herr Assessor? Ich glaube, ihm geht es finanziell nicht gut."

War das nun aufrichtiges Mitgefühl? War es vielleicht schlaueste Berechnung? – ‚Hildegard, du bleibst ein Rätsel', dachte Linker.

„Nun, ich will zusehen, was sich machen lässt. Übrigens fällt mir da gerade ein: Er könnte mir dort aus dem Aktenstück einen Auszug aus den Abschriften der Vernehmungen machen. Es ist eine Strafsache. Da geht es um Bandendiebstahl. Ich habe heute die drei Leute verteidigt. Aber sie wurden verurteilt. Hoffentlich habe ich in der Revisionsinstanz mehr Glück."

„Eine Strafsache ...?", wiederholte sie in Gedanken versunken. „Ich wäre vielleicht auch Strafverteidiger geworden, wenn ich ein Mann gewesen wäre. Es gibt doch viele Unschuldige, die vor Gericht kommen."

Er wurde jetzt noch weniger klug aus diesem merkwürdigen, jungen Mädchen. Sehr gern hätte er dieses Gespräch fortgeführt. Aber sie nahm nun das Anrichtebrett und ging mit einem kurzen „Auf Wiedersehen" hinaus. – Die große Wirtschaftsschürze, die sie umgebunden hatte, kleidete sie vielleicht noch besser als das schicke graue Kostüm, in dem Linker sie zuerst gesehen hatte; etwas Hausfrauliches, Würdevolles verlieh sie ihr. Und dabei traten doch die tadellosen Formen ihres Körpers nicht minder gut in Erscheinung. ‚Sie ist ein verteufelt verlockender Bissen für jeden Feinschmecker', dachte Linker. ‚Wirklich, sie hat etwas an sich, das wie ein Magnet wirkt.'

Nachdenklich schaute er vor sich hin. Dann glitt sein Blick wie schuldbewusst zum Schreibtisch. Und mit einem Mal stand er auf und schob die eine Vase ein Stück seitwärts, so dass die Blumen Lottes Bild verdeckten.

Karl Linker stieg die Treppe empor und läutete im Obergeschoss an der Flurtür rechter Hand. Hier wohnte dem Porzellanschildchen nach „A. Winkler".

Eine dickliche, recht schlumpig angezogene Frau öffnete. „Herr Reschke? – Bitte, dort geradeaus. Vorsicht! Es ist etwas dunkel hier."

Ihre Freundlichkeit galt wohl nur dem, der Reschke etwas zu verdienen gab. Ihrem Gesicht nach zu schließen war sie mürrisch und gallig, den Augen nach hinterlistig und unaufrichtig.

Der Assessor war überrascht, dass Reschkes geräumiges Zimmer so viel Gemütlichkeit ausstrahlte. Und dabei hatte der Alte sich den ungewöhnlich großen Raum in sehr eigenartiger Weise eingerichtet, sozusagen eine kleine Wohnung mit Küche, Schlaf- und Studierstube daraus gemacht. Um den Kachelofen zog sich im Halbkreis ein hoher Wandschirm herum. Diese Ecke war die Küche. Und eine Tapetenwand teilte das übrige Zimmer in eine kleinere Schlaf- und eine größere Arbeitsstube, jede mit einem Fenster. Reschke nötigte den Besucher in einen alten Eichensessel. – Linker sah jetzt erst, dass die Möbel hier zum Teil recht großen Altertums- wert haben mussten. Besonders der Schreibtisch, der schräg am Fenster stand, würde mit seinen reichen Schnitzereien das Herz so manchen Sammlers entzückt haben. Der Assessor konnte sich denn auch nicht enthalten, mit der Hand auf das Möbelstück zu deuten und zu fragen: „Ihr Eigentum, Herr Reschke?"

Der nickte kurz. „Erinnerung an Jugendzeiten meines Großva- ters. Ein Erbstück. "

Dieses Thema schien ihm in diesem Moment jedoch nicht zu behagen. Er fuhr ohne jeden Übergang fort: „Die gestrige Nacht … Sie hat Ihnen gezeigt, dass dieses Haus seine Geheimnisse hat. Und so ist es schon immer gewesen, seit ich hier wohne – fünfzehn Jahre, immerhin eine ordentliche Zeitspanne."

Er holte aus einem eichenen Schränkchen eine Kiste Zigarren, auf deren Deckel in Goldbuchstaben „H. Upmann, Habana" zu le- sen war, und hielt sie Linker mit einem lässigen „Bitte, bedienen Sie sich" hin. Reschke schien in seinen vier Wänden ein anderer zu sein. Gewiss, er war immer noch bescheiden, aber nicht mehr unsicher oder unterwürfig. ,Dass er Upmann-Zigarren vorrätig hat, gibt doch sehr zu denken', sagte sich der Assessor mit einer gewissen Berechtigung.

„Ein Geschenk", erklärte der Alte da, indem er mit dem gekrümmten Zeigefinger leicht gegen die Kiste klopfte. „Von einem Wohltäter stammt sie. – Nein, – geben Sie mir keinen Korb. Das würde mich kränken."

Auch er zündete sich eine der teuren Zigarren an und setzte sich dann Linker gegenüber in den zweiten Eichenstuhl.

„Ja, so ist es also hier schon immer gewesen", nahm er den Faden des Gespräches wieder auf. „Immer Geheimnisse ... Und fünfzehn Jahre spüre ich ihnen nun schon nach, ganz ohne Erfolg."

Linker schaute erstaunt auf. Bevor er aber noch eine Frage an den alten Mann richten konnte, fügte dieser schon hinzu: „Vielleicht habe ich jetzt mehr Glück, wenn Sie mir helfen würden, Herr Assessor. – Hören Sie zu, ich erzähle Ihnen, was ich hier erlebt habe. Auf Ihre Verschwiegenheit darf ich doch wohl zählen? Meine persönlichen Verhältnisse sollen unerörtert bleiben. Nach der Lebensgeschichte eines ramponierten Zylinderhutes, der seine letzten Tage im Straßengraben zubringt und den sie dort zufällig zu Gesicht bekommen, werden Sie sich auch nicht erkundigen, Herr Assessor, und Sie werden auch kaum Interesse dafür haben. Jedenfalls war ich vor vielen Jahren veranlasst, mich mit dem Schicksal einer Familie näher zu beschäftigen, der auch jetzt noch meine Teilnahme gehört. Es war ein gewisser Ernst Kunath mit den Seinen, Frau und zwei Kinder. Er war Werkführer in der großen Mühle. Ein Mensch wie es nicht viele gibt. Widerspruchsvoll, begabt, vielseitig, ein Hans Dampf in allen Gassen, einer, der bei den Weibern unverschämtes Glück hatte, was er auch reichlich ausnutzte. Verwandeln Sie in Ihrer Phantasie Hildegard Kunath in ein männliches Individuum, geben Sie diesem eine stattliche Gestalt und einen Schnurrbart dazu, dann haben Sie Ernst Kunath vor sich. Er hätte es wohl weit bringen können im Leben trotz seiner bescheidenen Herkunft, wenn ihm nicht jede Stetigkeit, jede Spur von Willensstärke und die Fähigkeit, auf die Warnungen seines besseren Ichs rechtzeitig zu hören, gefehlt hätten. So aber versuchte er dieses und jenes und landete schließlich in den von Mehlstaub durchwirbelten Räumen der großen Mühle, wo er dann vom Rechnungsführer bis zum Werkmeister aufstieg. – Als ich dieses Zimmer bezogen hatte, wohnten Kunaths gerade zwei Monate unten im Erdgeschoss. Ich suchte mir Aufschluss darüber zu verschaffen, wie das Verhältnis zwischen den Eheleuten war. Ernst Kunath, der vielleicht auch einen guten Durchschnittsschauspieler abgegeben hätte, tat vor der Welt stets so, als trüge er seine Frau auf Händen, die als Mädchen viel umworben worden war. Aber die traurigen Augen der Frau und ihr herb gewordener Mund klagten ihn als Heuchler an. Ich habe hier oben oft genug seine brutale Stimme und ihr leidvolles Weinen gehört. Das Ehepaar benutzte damals Ihr jetziges Zimmer, Herr Assessor, als Schlafraum … – Zwei Jahre vergingen. Zwischen mir und den Kunaths bestanden keinerlei Beziehungen. Wir gingen an einander vorüber – er und ich wie unversöhnliche Widersacher, seine Frau und ich wie Menschen, die … ein gemeinsames Geheimnis verbindet und die sich nur verstohlen mit den Augen grüßen dürfen."

Der Alte machte eine kurze Pause, um dann fortzufahren: „Es ist für mich doch recht schwer, diese eigentümlichen Verhältnisse so zu schildern, dass Sie nur gerade so viel davon erfahren, als nötig ist; nötig zum Verständnis der anderen Dinge, die mit allem übrigen nichts zu tun haben. Vieles werden Sie vielleicht nicht recht begreifen, was ich hier nur andeute. Grübeln Sie nicht weiter darüber nach. Der alte, verbrauchte Zylinderhut am Wege braucht kein Mitleid. – Im dritten Jahr meines Hierseins im Oktober setzte dann ‚das Geheimnisvolle' ein, in einer Sturmnacht, die all diese alten Häusergiebel in pfeifende, heulende Ungeheuer verwandelte. Ich liebe eigentlich solche Nächte. Und damals hatten wir gerade noch Vollmond. Wolken, schwer und schwarz, jagten über den Himmel. Die Finsternis, die über der Erde lagerte, kam einem so recht zum Bewusstsein, man sah nun erst, wie unheimlich sie war, wenn plötzlich der Mond das tiefe Dunkel hinter den Wolken hervortretend für Sekunden wegwischte. Ich stand am Fenster – dort – und meine Augen verfolgten die hellen Wolkenränder, die den Vollmond dahinter vermuten ließen. Ich lauschte auf die tosende Musik des Orkans. Das alte Mühlenhaus schien zu schwanken, zu stöhnen. Die Nacht hatte etwas Grausiges an sich. Damals scheiterte ein gutes Dutzend Schiffe an der Küste. Zahlreiche Menschen kamen um, ein Nachbardorf brannte bis auf die letzte Hütte nieder, bestreut von dem gierigen Funkenregen eines Strohhaufens, den darin nächtigende Landstreicher aus Unachtsamkeit in Brand gesetzt hatten. Ja, ich stand am Fenster. Es war um Mitternacht. Auf die seltsamsten Laute der Sturmmusik war ich gefasst. Mit zitternden Nerven wartete ich auf Überraschungen. Vielleicht warf der Sturm ein ganzes Dach eines der Häuschen jenseits des Kanals herab? Das hätte etwas wie einen Kanonenschuss abgeben müssen ... Nicht gefasst war ich auf den gellenden Schrei, der plötzlich aus der Kunathschen Wohnung zu hören war. – Ich habe nie geglaubt, dass irgend eine heftige Erregung eines Menschen seine Stimme so steigern kann. Der Schrei war so deutlich zu hören, dass ich sofort wusste: Es ist die arme Frau, aus deren Kehle diese Fanfare wahnsinnigen Entsetzens stammt. Noch verhielt ich mich, durchschauert von unheimlichem Schreck, ganz regungslos, als auch schon ein zweiter, noch lauterer Schrei dem ersten folgte. Ich glaubte jetzt das Wort ‚Hilfe!' zu verstehen, endlos gereckt, ausklingend in einen schrillen Laut, für den es keine Beschreibung, keinen Vergleich gibt. Bevor ich dann die Treppe hinabrannte, um der Frau zu Hilfe zu kommen, deren Leben ich bedroht glaubte, riss ich noch das Fenster auf, beugte mich weit hinaus und blickte nach unten, ob denn in dem Kunathschen Schlafzimmer Licht brannte. – Alles dunkel ... Da schickte gerade der volle Mond für einen Augenblick zwischen den rasenden Wolken sein Licht zur Erde. Und nur deshalb bemerkte ich einen kleinen Nachen, der soeben von der Grundmauer des Mühlenhauses abstieß und mit seinen beiden Insassen, getrieben von hastig bewegten Rudern, davonfuhr. Einzelheiten waren nicht zu erkennen. Der Mond war schon wieder verschwunden, und das Dunkel hatte das Boot verschluckt. Gleich darauf riss ich bei Kunaths unten an der Türglocke. Nach gefühlten drei bis vier Minuten erst öffnete Ernst Kunath die Tür, gehüllt in einen Schlafrock, als käme er soeben aus dem Bett, und fragte unwirsch, was ich denn jetzt mitten in der Nacht von ihm wünsche. Eine Frauenstimme hätte bei ihm in der Wohnung laut um Hilfe gerufen, erwiderte ich noch zitternd vor Aufregung. ‚Herr, Sie sind verrückt oder betrunken‘, brüllte er mich an. ‚Sie werden lebhaft geträumt haben‘, fügte er dann etwas weniger aufgebracht hinzu. ‚Es ist überhaupt eine tolle Nacht. Schlafen wäre das reine Kunststück. Entschuldigen Sie bitte meine Grobheit. Das Heulen des Orkans hat mich wohl nervös gemacht.‘ So musste ich denn wieder abziehen. Und ich wusste doch ganz bestimmt: Es war Frau Kunath gewesen, deren gefolterte Seele sich in diesen zwei Rufen Luft gemacht hatte. – Das war die erste Nacht, in der ‚das Geheimnisvolle‘ in Erscheinung trat. Sie blieb nicht die einzige. Dass der Nachen mit den Angstschreien eines unglücklichen Weibes irgendwie in Verbindung stehen könnte, reimte ich mir erst viel später zusammen. Und allmählich verdichteten sich dann eben allerlei Seltsamkeiten dieses Hauses und seiner Bewohner im Erdgeschoss rechts zu einem düsteren Geheimnis, das jedoch wie ein wesenloses Gespenst vor meinem Geist schwebte; nicht zu packen, nirgends, an keiner Stelle, nicht zu ergründen nach Umrissen und Inhalt … Ja, allerlei Seltsamkeiten. Ich müsste stundenlang erzählen, wenn ich Ihnen hiervon nur die Hälfte erzählen wollte, Herr Assessor. Nur einiges greife ich heraus, Hauptmomente sozusagen. Den Nachen habe ich im Verlauf der nächsten elf Jahre noch sehr oft in dunklen Nächten beobachtet. Immer legte er unterhalb der drei Fenster der beiden Hinterzimmer der Wohnung Ernst Kunaths an. Zu welchem Zweck …? Ich weiß es heute noch nicht. Die Leute, die in dem Kahn kamen und wieder davonfuhren, sah ich stets nur wie Schemen in der Dunkelheit. Ich hörte auch wohl mal leises Flüstern, aber verstand nie ein Wort, selbst wenn ich mich noch so tief zum Fenster hinauslehnte, wobei ich mich noch der Gefahr aussetzte, bemerkt zu werden. Ich sage absichtlich, der Gefahr aussetzte, denn ich war in all diesen Jahren fest davon überzeugt, dass

Ernst Kunath und die, die so heimlich nächtlicherweise zu ihm kamen, mich nicht geschont haben würden, wenn sie gemerkt hätten, dass ich zu viel von ihnen wusste. Als Beleg hierfür folgendes: Die anderen Mietparteien hier im alten Mühlenhaus wechselten recht oft. Mit manchen dieser Leute war ich oberflächlich bekannt geworden. Sämtlich behaupteten sie – es waren stets einfachere Leute – schon kurze Zeit nach ihrem Einzug, dass es hier ‚umgehe', also dass es spuken würde. Sie wollten nachts seltsame Geräusche gehört haben, dumpfe Klopftöne, Schritte, Heulen und Winseln in den dicken Mauern, Stöhnen und sonst allerlei, wofür sie keine natürliche Erklärung fanden. Nun, auch ich habe diese Töne gehört, auch ich hab so manche Nacht wach im Bett gesessen und gelauscht. Einmal – es war so etwa im sechsten Jahr meines Hierseins – ging es gegen Mitternacht wie eine starke Erschütterung durch das ganze Gebäude. Der Kalk rieselte hinter den Tapeten herab, der Deckenanstrich blätterte ab und bestreute den Fußboden, das Gebälk ächzte, kurz, irgendetwas musste geschehen sein, was das Haus in seinen Grundfesten hatte erbeben lassen. Damals wurden sämtliche Einwohner munter, fanden sich unten im Treppenflur zusammen. Auch Frau Kunath war dabei. Ihr Gesicht hatte jedoch mehr einen verängstigten als einen erregten Ausdruck. Ihr Mann wäre nicht daheim, behauptete sie. Schließlich beruhigten sich alle wieder und verschwanden in ihren Wohnungen, denn weiter passierte nichts. Ich selbst habe aber damals die Nacht geopfert und heimlich aufgepasst, ob Ernst Kunath wirklich abwesend wäre. Das traf nicht zu. Er war zuhause gewesen, und seine Frau hatte aus irgendeinem Grunde gelogen – besser und zutreffender ausgedrückt – die Unwahrheit sagen müssen, wie ich annehmen musste. Ich hatte ihm morgens vor dem Haus aufgelauert, tat ganz so, als wäre unsere Begegnung eine rein zufällige, sprach ihn an und teilte ihm mit, was sich in der verflossenen Nacht ereignet hatte. Er war mit einer Erklärung für die schwere Erschütterung des Hauses sofort bei der Hand, wobei er mich prüfend musterte, ob ich auch wohl an seine Erklärung glauben würde. Er meinte, die ausgemauerten Kanäle, also auch der große Mühlengraben, hätten ja ein künstliches Bett und ließen zuweilen Wassermengen bis zu den Fundamenten der anliegenden Häuser durchdringen, wobei die Mauerschichten gelockert würden und stellenweise nachgäben, was aber nichts zu bedeuten hätte, da beim Bau der Häuser wegen solcher Unterspülungen schon Vorkehrungen getroffen worden wären. Ich fasste diese Erklärung im Stillen so auf, wie sie den Umständen nach für einen kritischen Beobachter lediglich aufzufassen war; als einen Beschwichtigungsversuch. – Kunath gegenüber tat ich so, als sei ich nun wirklich beruhigt, fügte jedoch hinzu, ich würde Gelegenheit nehmen, die Angelegenheit doch mal mit einem bekannten Bausachverständigen durchzusprechen. Er nickte nur mit einem kurzen ,Dann tun Sie's halt.' Dabei traf mich aber ein Blick aus seinen Augen, in dem etwas wie eine kaum verhohlene Drohung lag. Noch nie hatte er mich so angesehen, wenn er eben auch sonst nicht gerade freundschaftliche Gefühle für mich hegte. – Ich muss hier nachholen, dass Kunath die Verwaltung dieses zur großen Mühle gehörigen Grundstücks führte. Es war mir nun schon ein paar Mal aufgefallen, dass er gerade den Mietsparteien, die allzu viel über ,den Spuk' im Haus auch mit anderen sprachen, sehr bald aus einem nichtigen Grund kündigte. Am liebsten nahm er offenbar nur weibliche Bewohner auf; Witwen, ältere Fräulein und eben Familien ohne männlichen Schutz. Nicht minder durchsichtig war für meinen längst erwachten Argwohn seine Absicht, gerade mich loszuwerden. Er kündigte den Leuten, die diese rechte obere Wohnung innehatten und bei denen ich mir als Untermieter nur durch erhebliche Geldopfer stets mein Zimmer erhalten konnte, am häufigsten, er schikanierte sie auf jede nur mögliche Weise. Zweimal verbot er diesen Familien, die mich als ,möblierten Herrn' von den Vormietern übernahmen, diese Art des Nebenerwerbs. Sie sollten mir kündigen, oder selbst ausziehen. Auf mein Betreiben beschwerten sich die Betreffenden beim Magistrat als dem Grundstückseigentümer über diese ganz willkürliche Anordnung des Verwalters. Kunath trieb denn auch die Sache beide Male nicht auf die Spitze und gab nach, um den Leuten jedoch bald aus einem anderen vorgeschobenen Grund zu kündigen. Er hatte also offenbar vor mir doch eine gewisse Angst und wollte es nicht zu unverhüllter Feindschaft kommen lassen. Jedenfalls blieb ich all die Jahre der einzige hier, der sich nicht vergraulen ließ. Nach jener Nacht, als das Mühlenhaus das erste Mal zu wanken schien – etwas Ähnliches geschah wieder ungefähr zwei Jahre darauf – änderte ich meine Taktik diesem Mann gegenüber, dem ich allmählich das schlechteste zutraute. Ich gab mich ganz als den Harmlosen aus und begegnete ihm betont freundlich. Ich sprach über meine Marotte, gerade hier wohnen zu wollen wie über eine Schwäche, die ich selbst belächelte, und erreichte dadurch auch, dass seine Abneigung gegen mich geringer wurde. Im Übrigen blieb aber alles beim alten; es spukte weiter. Und hin und wieder erschien auch der geheimnisvolle Nachen mit ebenso geheimnisvollen Männern, die durch das Fenster der Stube, in der jetzt Hildegard wohnt, aus- und einstiegen. Unzählige Stunden habe ich darüber nachgegrübelt, wie ich all diese merkwürdigen Vorgänge zusammenfügen könnte. Ich dachte an die phantastischsten Geschichten; an eine Diebesgenossenschaft zum Beispiel, da dies sich mit den ganzen Ereignissen noch am besten in Einklang bringen ließ. Aber es gab da immer wieder einzelne Momente, die dagegensprachen, beispielsweise, dass ich nie beobachten konnte, dass aus dem Nachen irgendwelche größeren Gegenstände in das Zimmer oder aus ihm herausgereicht wurden. – Dann kam jene Märznacht vor zwei Jahren, in der mich ein paar gellende Schreie im Bett hochfahren ließen. Ich öffnete das Fenster und spähte hinaus. Dicht an der Mauer lag wieder der Nachen, mit Stricken an den Kellerfenstergittern vertäut. Er war leer, und die drei Fenster nach dem Kanal hin waren dunkel. Eine Viertelstunde später stieg ein Mann aus der einfenstrigen Stube in den Kahn und ruderte davon. Es war wieder eine sehr dunkle Nacht, der Himmel bedeckt, und ein Sturm wehte, der mich bis aufs Mark am offenen Fenster frieren ließ. Am Morgen hatte ich Fieber, und drei Wochen lag ich dann im Hospital mit einer Lungenentzündung. Als ich danach mein Heim hier wieder bezog, war das erste, was mir Frau Winkler, meine Wirtin, erzählte, dass Ernst Kunath verstorben sei. Genau wie ich war er damals nach jener kalten, windigen Nacht erkrankt und zwar an einem Leiden, über dessen Natur sich die Ärzte nicht klargeworden waren. Schon nach drei Tagen war er tot. – Ich hielt es für angemessen, der Witwe in Anbetracht unserer langjährigen Nachbarschaft einen Kondolenzbesuch abzustatten. Hildegard öffnete mir. Ich wurde höflich aber entschieden abgewiesen. Frau Kunath wich mir dann auch später noch für eine lange Zeit aus. – So, das wäre ein flüchtiges Bild der Vergangenheit, Herr Assessor. Gehen wir nun also zur Gegenwart über.“

Wie einst …

Karl Linker sah auf die Uhr. Er wunderte sich, dass er erst eine halbe Stunde in dem eigenartigen Heim Ernst Reschkes saß. Es kam ihm vor, als hätte er dem Alten mit seiner nahezu druckreifen Erzählweise schon stundenlang zugehört. Die Geschichte hatte ihn so sehr gefesselt, dass ihm jedes Zeitgefühl abhandengekommen war.

Ernst Reschke hatte Linkers Griff nach der Uhrtasche bemerkt und fragte nun: „Müssen Sie schon aufbrechen? – Das würde mir leidtun. Ich hätte diese ganze Angelegenheit gern in einem Zuge erledigt. Ich bin nicht immer so mitteilsam. Ich folge selten Augenblickseingebungen. Heute tat ich's aber, als ich zu Ihnen kam. Sie scheinen mir irgendwie vertrauenswürdig zu sein.“ Er lächelte etwas verlegen. „Warum soll ich's Ihnen schließlich vorenthalten? – Gestern war ich mit Ihnen sozusagen auf derselben Fährte. Sie folgten Hildegard, die mit diesem ekelhaften Engländer in der Langgasse war, und ich tat dasselbe. Sie sind mir aufgefallen, weil … Sie hatten Ihre Augen ziemlich aufmerksam auf das Mädchen mit dem auffälligen Hut gerichtet. Ihr Blick klebte förmlich an ihr fest. Und als Sie heimgingen, war ich hinter Ihnen. So lernte ich den neuen möblierten Herrn der Witwe Kunath kennen.“

Karl Linker schüttelte den Kopf. „Wann werden für mich bloß diese Überraschungen aufhören! Seit ich hier eingezogen bin, fühle ich mich in eine außergewöhnliche Welt versetzt. Bisher war mein Leben eigentlich so ganz ohne große Ereignisse dahingeflossen. Und jetzt …"

Der Alte nickte ihm freundlich zu, machte eine beschwichtigende Bewegung mit der Hand und sagte: „Schade um jedes Dasein, das in gleichmäßigem Einerlei dahinfließt wie ein gleichmäßig plätschernder Bach. Was ist ein Leben ohne starke Erregungen, ohne himmelhoch jauchzende Freude, tief wühlenden Schmerz, ohne Begeisterung, Angst und Kummer? Tage, Stunden, in denen wir eine dieser Empfindungen durchkosten, sind doch wie die Meilensteine an unserem Lebensweg, die uns die Eintönigkeit der zurückgelegten Strecke in so und so viele Abschnitte zerlegen, gute und schlimme, und die uns die guten noch besser erscheinen lassen im Kontrast zu den schlechten. – Aber … das sind wohl so Ansichtssachen. Viele sind zufrieden, wenn sie ruhig ihren Pfad wandern können in einer Art Halbschlaf, aus dem das Schicksal sie am besten niemals wachrüttelt. – Sie aber, Herr Assessor, sehen mir nicht so aus, als würden Sie von diesem irdischen Dasein nur ein graues Einerlei begehren. Oder fällt es Ihnen lästig, dass ich Sie mit diesen Dingen behellige, dass ich gewissermaßen einen Vorhang nur ein kleines Stück beiseiteschob und Ihnen dahinter die Tür zu einem Geheimnis zeigte, ohne diese Tür öffnen zu können?"

Linker streute bedächtig die Asche seiner Zigarre in die Schale und erwiderte, indem er den alten Herrn offen anblickte: „Ein Bestandteil dieses Geheimnisses sind aber auch Sie selbst, verehrter Herr Reschke. – Ich begreife nicht, welches Interesse Sie an Ernst Kunath und seiner Familie hatten, um mit solcher Ausdauer Geheimnissen nachzuspüren, die Sie doch im Grunde nichts angingen … Ihr Verhalten ist mir rätselhaft. Aus alledem, was Sie mir eben anvertraut haben, geht ja immer wieder hervor, dass es bei Ihnen wahrscheinlich nicht die Sucht nach irgendwelchen Abenteuern war, die Sie an das alte Mühlenhaus bannt. Ich denke, dass Sie mir viel erzählt, aber sicher auch einiges verschwiegen haben – über sich selbst, über irgendwelche Fäden, die von Ihnen zu den Kunaths hinüberleiten. Hab ich recht?"

Der Alte nickte versonnen. Sein Gesicht trug den Ausdruck eines tiefen Seelenleids, und seine Augen schauten weltentrückt geradeaus, wahrscheinlich zurück in eine Vergangenheit, die er seit langem tief in sich verschlossen hatte.

„Meilensteine unseres Lebensweges …", sagte er nach einer Weile leise. „Ja, da irgendwo weit, weit hinten steht so ein Meilenstein in der Vergangenheit wie auf einem hohen Berggipfel, den mein Daseinspfad auf der einen Seite erklommen hatte, um auf der anderen hinabzustürzen in eine verdammt düstere Niederung … Nein, wir wollen das heute lieber beenden. Vielleicht kommt einmal der Tag, wo ich Ihnen darüber die Augen öffnen werde. Nur eins soll jetzt schon gesagt sein, und so spricht meine Lebenserfahrung zu ihrer hoffnungsfrohen Jugend: Hüten Sie sich vor dem Weibe, vor der einen, die vielleicht einmal Ihren Pfad kreuzt und dann entweder Ihr Glück oder … Ihr Unglück wird!"

Ernst Reschke verstummte abrupt. Und es war, als ob der Assessor so etwas wie den eisigen Windhauch seines kommenden Schicksals spürte. ‚Was für ein seltsamer Mensch', dachte er. ‚Wer ist er? Was ist er? Jedenfalls nicht der arme, hungernde Kanzlist, für den er sich ausgibt.'

Da begann der Alte erneut zu sprechen: „Also … Kunath war tot. Und seine Witwe begann den Kampf mit dem Leben ohne Hilfe von irgendwem. Sie hat wirklich schwer zu tragen gehabt. Die Pension ihres Mannes war klein. Aus Gnade beließ man ihr die Wohnung. Ich hätte ihr ja gern mit Rat und Tat geholfen. Sie lehnte ab. Hildegard wuchs heran. Es war äußerst merkwürdig; in einer ungewöhnlich kurzen Zeit reifte sie vom Kind zu einer ernstzunehmenden Frau heran. Ich hatte durchaus meine Freude an ihr, natürlich nur die des stillen Beobachters. Dann aber … Ach, hier möchte ich eine Frage einschalten: Welchen Eindruck hat das Mädchen auf Sie gemacht, als Sie ihr zum ersten Mal begegneten, Herr Assessor?"

Linker überlegte sich einen Augenblick die Antwort. „Den einer Sphinx, eines unergründlichen Rätsels. Gewiss, ich kenne die Hildegart erst sehr kurze Zeit, aber ich glaube, mein Urteil dürfte zutreffen. – Verstehen denn Sie dieses Mädel, Herr Reschke?"

„Sphinx...!", wiederholte der Alte leise. „Ja, das ist wohl zutreffend." Er seufzte tief auf. „Früher hieß das Geheimnis dieses Hauses Ernst Kunath, jetzt hat es den Vornamen gewechselt; an Stelle
des Vaters ist die Tochter getreten." Und nach kurzer Pause fuhr
er fort: „Hildegard war zur Frau geworden, half der Mutter Geld
verdienen, arbeitete fleißig wie ein Bienchen ... Das dauerte aber
nur ein halbes Jahr etwa. Dann kam das Unfassbare; ihre ganze Erscheinung war dazu angetan, den Männern die Köpfe zu verdre-
hen. Sie liefen ihr nach wie ein Rudel Köter bei einer Hundehoch-
zeit. Mancher wird wohl auf Hildegard als auf eine leichte Beute
gerechnet haben. – Buchhalterin mit bescheidenem Gehalt, und
dabei noch den lockenden Teufel in den Augen, da musste doch
was zu machen sein! – Aber sie verrechneten sich alle. Ein halbes
Jahr ging sie mitten durch diese lüsterne Meute hindurch in stolzer
Unnahbarkeit, und dann auf einmal wurde sie diejenige, welche
die hiesigen Lebemänner jetzt die ‚kleine Liebestäuscherin‘ nennen. Sie ließ sich, wohlgemerkt stets nur in den Formen der guten
Gesellschaft, aufgeschlossenen Herren vorstellen, wo sich eine Gelegenheit dazu bot. Sie setzte diese Bekanntschaften auch fort.
Dieser oder jener hat gerüchteweise für ihren Liebhaber gegolten,
aber nie lange. Diese Herren, zunächst viel beneidet, zogen sich
sämtlich nach kurzer Zeit von ihr zurück. Weshalb das so war, si-
ckerte allmählich durch; Hildegard wollte geheiratet werden. Für
Liebesabenteuer war sie absolut nicht zu haben. – Wohl ein gutes
Dutzend Herren, die meisten durchaus reich und auf die verlo-
ckende Wirkung ihres Geldes hoffend, ließ Hildegard also einen
nach dem andern fallen. In der Folge litt ihr Ruf wegen dieser,
wenn auch harmlosen, doch meist nur sehr kurzen Beziehungen.
Sie kümmerte sich anscheinend nicht darum. Und ebenso gleich-
gültig nahm sie schließlich die Tatsache hin, dass man sie bespöt-
telte, dass aus ihr die ... nun ja, die kleine Liebestäuscherin wurde.
– Dann sah ich sie eines Tages mit einem Herrn zusammen auf der
Straße, den ich bis dahin noch nie in dieser Stadt bemerkt hatte. Es
war ein Engländer, wie ich bald erfuhr, ein gewisser James Look,
der erste Sekretär des hiesigen englischen Generalkonsuls. – Sechs

Wochen sind es her, dass ich die beiden zum ersten Mal beobachtete. Es war an einem Freitag, dem ja bekanntlich der Ruf eines Unglückstages anhaftet. Und eine Woche später, übrigens auch an einem Freitag, sah ich nach langer Zeit den bewussten Nachen wieder. – Sie wissen, den Nachen von gestern Nacht. – Seitdem ist es beinahe so, als wäre Ernst Kunath von den Toten auferstanden und mit ihm der ganze alte Spuk dieses Hauses. Ich höre nachts wieder dumpfe Klopftöne, spüre manche Erschütterung des alten Gebäudes, sehe den kleinen Kahn auftauchen, Männer in Hildegards Zimmerfenster verschwinden, meist sind es zwei Personen, zuweilen auch nur eine. Ich beobachte, wie der Nachen, wenn ein paar Stunden verstrichen sind, wieder lautlos davongleitet ... Nur eins höre ich nicht mehr; diese gellenden Schreie. Ansonsten ist alles wieder wie vor zwei Jahren. – Sechsmal hab' ich in diesen fünf Wochen den Kahn gesehen hier vom Fenster aus, hab' gezittert, nicht vor Kälte, nein, für dieses jungen Mädchens guten Ruf ... Und dann gestern ... Man reicht einen leblosen Körper zum Fenster hinaus, der Nachen fährt mit ihm davon, und Hildegard ... ja, sagen Sie es mir, Herr Assessor, war Hildegard heute irgendwie verstört, irgendwie auch nur im mindesten anders als sonst, als gestern?"

Karl Linker musste sich jetzt zusammennehmen, um seine Gedanken zu sammeln. Immer unwirklicher erschien ihm das, was er hier erlebte, was er hörte und was er nun verstandesmäßig zu verarbeiten hatte. Seltsame Menschen waren auf einmal in sein Leben getreten.

Und der weißhaarige Mann da vor ihm, der mit bekümmerter Miene Aufschluss erbat über die Sphinx Hildegard, vermehrte nur noch durch seine rätselhafte Persönlichkeit und seine unheimlich seltsame Vertrauensseligkeit dem Assessor gegenüber diesen unwirklichen Schattentanz.

„So antworten Sie mir doch!", forderte da Ernst Reschke ungeduldig und fast schroff.

„Ich habe an Hildegard keine Veränderung bemerkt", erklärte Linker leise. Der Alte schien aufzuatmen. Und er fragte schnell: „Wie denken Sie über die Vorgänge von gestern?"

Der Assessor machte nur eine ratlose Handbewegung. Noch bevor er etwas sagen konnte, fuhr der Alte fort: „Ach, wozu frage ich Sie denn auch? Wie sollten Sie wohl mehr wissen als ich? – Noch eins, weshalb verschwanden Sie mit einem Mal von Ihrem Lauscherposten, obwohl doch der Nachen noch immer am Gitter festgebunden war?"

Linker berichtete von seiner plötzlichen Müdigkeit, der er nicht mehr hatte widerstehen können. Reschke nickte gedankenvoll mit seinem weißen ehrwürdigen Charakterkopf.

„Also auch Sie ...", murmelte er, wie zu sich selber sprechend.

„Was wollen Sie damit sagen, wieso also auch ich?"

Er wurde lebhaft, stand wieder in der Wirklichkeit nach all den ungewöhnlichen Dingen, die ihn fast schwindelig werden ließen. Reschke antwortete mit einer Gegenfrage: „Wissen Sie, weshalb Ihr Vorgänger, der junge Architekt Gülden, ausgezogen ist? – Weil er in dem Zimmer krank zu werden fürchtete, weil er glaubte, aus den Wassern des Kanals oder den Kellern des Hauses stiegen irgendwelche schädliche Gase auf, die ihn abends zuweilen in halber Bewusstlosigkeit angekleidet auf seinem Sofa einschlafen ließen. Ja, der klagte ebenfalls über so eine unerklärliche Müdigkeit, genau wie Sie!"

„Ich habe allerdings einen sehr gesunden Schlaf", meinte Linker zögernd. „Vielleicht ...?"

„Nein, nein!", unterbrach der Alte ihn da. „Suchen Sie nicht nach einer natürlichen Erklärung dafür, betrügen Sie sich nicht selbst! Wenn man derartiges beobachtet, wie wir gestern Nacht, dann überwältigt einen der Schlaf nicht gerade vor dem Ende des letzten Aktes, vor der Abfahrt des Nachens! – Da hält einen die Spannung schon munter – jeden, wirklich jeden, selbst den größten Phlegmatiker! – Ah, eben fällt mir etwas ein. Ihre Fenster liegen doch dem Schauplatz um ein ganzes Stockwerk näher. Haben Sie nichts verstanden von dem, was da unten geflüstert wurde?"

„Nichts. – Nur eine Vermutung ist mir eben gekommen ..."

Und Linker erzählte von seinem Besuch bei Mendels, von dem „Monokel", von der heimlichen Verfolgung des Engländers bis ins

Handwerkerviertel. „Könnte da nicht einer der beiden Leute im Nachen James Look gewesen sein?", schloss er seinen Bericht.

„Schon möglich", sagte der Alte zögernd. „Aber sichere Beweise fehlen uns. – Oh, wenn ich doch einen Ausweg aus diesem Labyrinth wüsste!", fügte er fast schmerzlich hinzu. „Aber lassen Sie uns zuversichtlich sein! Jetzt sind wir ja zwei, die gemeinsam nach der Lösung dieser Rätsel suchen."

Der Assessor erhob sich erregt aus dem Sessel. „Ja, wir werden suchen. – Versprochen. Ich ruhe nicht eher, bis wir selbst sagen, dass es nun auch nicht eine Kleinigkeit mehr gibt, die nicht durchsichtig wäre wie Glas."

Dann begannen die beiden mit einer gewissen Feierlichkeit, ganz erfüllt von ihrem schwierigen Vorhaben, zu beraten, wie man den Feldzug eröffnen solle. Sie überlegten hin und her. Aber es war nicht anders, als suchten sie an einer harten, glatten Kugel einen Anfang und ein Ende. Wie sie die Sache auch drehten und wendeten, nirgends bot sich ein Angriffspunkt. Gewiss, sie hatten reichlich Ideen. Rückten sie diesen aber näher, so grinste ihnen höhnisch die Unmöglichkeit entgegen. – Dann sagte der Assessor endlich: „Merken Sie nicht auch, dass uns die praktische Erfahrung in derlei Sachen fehlt? – Wir werden einen Dritten ins Vertrauen ziehen müssen. Und ich weiß auch schon wen ..."

So kam die Rede auf die drei Flusspiraten Pößnick und Genossen und auf den Polizeibeamten Paul Trebitz. „Ich werde versuchen, den Trebitz nachmittags vom Büro aus telefonisch zu erreichen. Ich habe von ihm bei der heutigen Verhandlung einen vorzüglichen Eindruck gewonnen. Der Mann ist klug, gewandt, tatkräftig und scheint ein Ehrenmann zu sein. Seine Vorgesetzten verwenden ihn häufig zu schwierigen Ermittlungen, und auch die Zollbehörden arbeiten gern mit ihm zusammen, um Schmugglertricks im Freihafen aufzudecken. Ich will ihn zum Stillschweigen verpflichten, damit unser Hauptgrundsatz gewahrt bleibt, dass erst einmal nichts an die Öffentlichkeit dringen soll."

Der alte Reschke hatte seine Bedenken. „Wenn er nun meint, wir wären eigentlich verpflichtet, von den Vorgängen der gestrigen

Nacht der Kriminalpolizei Mitteilung zu machen, weil es sich ja womöglich um ein Verbrechen handeln könnte?", wandte er ein.

„Ich werde ihm das schon ausreden", beruhigte der Assessor den Überängstlichen und machte Anstalten, sich zu verabschieden. „Ich bin gespannt, was er von der Sache hält."

Die Männer tauschten einen festen Händedruck aus. Als Ernst Reschke wieder allein war, stellte er sich ans Fenster mit gesenktem Kopf und schaute träumerisch hinab auf den Kanal, der vom Glanz der Nachmittagssonne überflutet war. Seine Lippen bewegten sich in halblautem Selbstgespräch. Er war viel allein, und da hatte er es sich angewöhnt, seiner eigenen Stimme zu lauschen wie der eines Freundes. „Nein, ich will nicht bereuen, dass ich ihn ins Vertrauen gezogen habe."

Ein Ohnmachtsanfall

Die Flurtür hatte sich eben hinter Linker geschlossen. Er stieg langsam die Treppe ins Erdgeschoss hinab, noch ganz benommen von dieser Lawine von rätselhaften Geschehnissen, die der alte Mann nun ins Rollen gebracht hatte und die mehr und mehr angewachsen war zu einem mächtigen Gebilde von Rätseln, das den weitgehendsten Mutmaßungen Raum gewährte. Da kam ihm jemand auf der Treppe entgegen. Er sah von oben auf einen breitkrempigen Frühjahrshut, auf ein elegantes Kostüm, auf glänzende Lackschuhspitzen und hellbraune Lederhandschuhe, die farblich genau zu der Garderobe passten. Beide hielten überrascht inne, als sie sich erkannten, sowohl die etwas zu auffällig herausgeputzte Nora Mendel als auch der Assessor.

„Gnädige Frau, welche Überraschung! Sie hier in einem Haus im Handwerkerviertel?"

Es war nicht gerade taktvoll von ihm, sie daran zu erinnern, dass sie gestern geäußert hatte: „Dort wohnt doch niemand." Sie war auf einmal rot und ziemlich verlegen geworden, fasste sich aber gekonnt schnell.

„Mein Abschreiber haust hier", sagte sie schon wieder etwas von oben herab. „Wie Sie vielleicht schon wissen, schriftstellere ich ein wenig. Er überträgt mir meine Arbeiten in Reinschrift."

„So, also der Herr Reschke? Was für ein Zufall!" Die Worte entfuhren ihm halb gegen seinen Willen.

„Zufall? – Wie meinen Sie das?", fragte sie einer aufkommenden, merkwürdigen Unruhe, wobei sie ihn aufmerksam musterte und in seinem Gesicht zu lesen versuchte.

„Weil ich Herrn Reschke soeben auch eine Arbeit übertragen habe. Ich komme gerade von ihm", erwiderte er harmlos. Aber ihm war ihre Ängstlichkeit nicht entgangen, und er dachte: ‚Wie seltsam … Alle Leute, die man hier im Haus trifft, haben etwas Ungewöhnliches an sich, selbst diese kleine, eitle Frau.'

Nora Mendel lächelte ein wenig gezwungen. „Wirklich ein komischer Zufall. – Auf Wiedersehen, Herr Assessor. Ich habe es eilig. Und außerdem ist dies auch nicht der Ort für eine Unterhaltung."

Seiderauschend stieg sie die Treppe weiter empor, er hinunter. Aber während in ihrem gepuderten Puppengesicht ein Ausdruck von Unruhe und leisem Ärger zurückblieb, lächelte er belustigt. Ihre letzte Äußerung war wie ein Satz aus einem Vortrag über den guten Ton gewesen, wie eine Belehrung für den aus der sündigen Großstadt kommenden Assessor. – Sei's drum. Er nahm sie nicht weiter ernst.

„Wir können gleich zwei Fliegen mit einer Klappe schlagen, Herr Trebitz. Mit der Sache Pößnick sind wir nun durch. Ich habe, wie eben schon angedeutet, noch etwas anderes für Sie in Bereitschaft." So sprach Linker zu dem ihm im Anwaltsbüro gegenübersitzenden Polizeibeamten. Paul Trebitz trug heute einmal nicht die blaue Uniform der Wasserpolizei, sondern einen gutsitzenden Zivilanzug. Er hatte ein wettergebräuntes, bartloses Gesicht von kantigem Schnitt, darin blaue Augen, eine starke Nase und einen schmallippigen Mund. Alles in allem war es ein Charakterkopf. Und auch die Gestalt des blonden Mannes hatte die Natur wohlwollend bedacht: schlank, gutgebaut, etwas über mittelgroß, dazu ruhige, ausgeglichene Bewegungen, die etwas von seiner vorhandenen Körperkraft verrieten. Er sprach sehr ruhig und mit Bedacht.

Er stammte aus einem Fischerdorf in Pommern, von der Wasserkante also, wo die Menschen landläufig nicht sehr redselig sind. Erst war er zur See gefahren, dann, einem Hang nach allem Abenteuerlichen folgend, zur Wasserpolizei gegangen.

Der Assessor hatte bei dieser Unterredung bald gemerkt, dass er und Trebitz so etwas wie verwandte Naturen waren. Ging sein Sinnen auch mehr auf alles von Poesie umwobene Romantische hinaus, so fand sich dieselbe Neigung mehr ins Prosaischere übersetzt auch bei dem Beamten wieder. Trebitz schwärmte von seinen nächtlichen Patrouillenfahrten in der flinken Motorbarkasse durch den Hafen mit seinen vielen Abzweigungen und auf dem Fluss entlang, wo an den Ufern die riesigen, aus Russland kommenden Holzflöße festgemacht hatten, auf denen zerlumpte Gestalten in Strohhütten wohnten und in stets neuen Verstecken Tabak über die Grenze schmuggelten, um ihn hier mit Gewinn loszuschlagen.

Den Fall Pößnick hatte man bald erledigt gehabt. Paul Trebitz war im Gegensatz zu dem Richterkollegium der Strafkammer ebenso wie auch Linker der Ansicht, dass der „große Unbekannte" tatsächlich existiert. Ihm wollte der Beamte jetzt zunächst einmal nachspüren. Und nun hatte der Assessor soeben noch von zwei Fliegen mit einer Klappe gesprochen.

„Ich weiß ja nicht, Trebitz", fügte er hinzu, „ob Sie einen Privatauftrag übernehmen können und wollen. Denn es ist eine Privatsache, in die das Gericht sich nicht hineinmischen soll; etwas mit so geheimnisvollen Nebenumständen, dass man daraus einen Roman machen könnte."

Paul Trebitz lächelte vergnügt interessiert. „Nach so was habe ich mich schon lange gesehnt, Herr Assessor. Man will doch nicht ewig Wasserpolizist bleiben. Ich möchte irgendwann zur Kriminalpolizei übertreten. Aber dazu brauche ich ein Gesellenstück sozusagen. Sonst wird man nicht übernommen."

„Dazu dürfte sich mein Fall nun aber gerade nicht eignen, weil besser nichts davon in die Öffentlichkeit dringen sollte", erklärte Linker. „Hören Sie sich die Geschichte erst mal an. Aber vorher, versprechen Sie mir strengstes Stillschweigen gegen jedermann."

So erfuhr denn der Beamte die ganzen seltsamen Geschehnisse, deren Anfang etwa fünfzehn Jahre zurücklag. Von der Vergangenheit ging Linker zur Gegenwart über, zu Hildegard, die im Mittelpunkt des neuen Abschnittes der Rätsel des alten Mühlenhauses stand. Trebitz streute hier und da eine Frage ein. Er brachte durch manche dieser Erkundigungen in gewisser Weise eine neue Lichtquelle zum Glühen, die die Ereignisse auch von einer anderen Seite beleuchtete. Der Assessor erkannte nun, dass in diesem Mann noch weit mehr steckte, als er anfangs vermutet hatte. Freilich, Scharfsinn lässt sich nicht erlernen; der muss angeboren sein. Und eine gütige Fee schien dem pommerschen Fischerkind gerade von dieser Gabe überreichlich viel in die Wiege gelegt zu haben.

Als Linker sehr bald hierüber eine anerkennende Bemerkung machte, meinte der Beamte: „Ein Detektiv, und als solcher fühle ich mich seit langem, muss die Phantasie eines Dichters haben. Fehlt sie ihm, wird er ein Stümper bleiben. – Doch bitte erzählen Sie weiter. Sie bemerkten also in der verflossenen Nacht, dass jemand Ihre Tür zu öffnen versuchte, gerade als Sie eben den Riegel vorgeschoben hatten…"

So gingen die Erörterung der Geheimnisse des alten Mühlenhauses weiter. Und so wurden nun auch Mendels mit in die Geschichte hineingezogen, wo er James Look kennengelernt hatte, und so hörte Trebitz auch von der Begegnung mit der kleinen Frau Nora auf der Treppe am heutigen Nachmittag, und von ihrer offensichtlichen Unruhe. Linker erzählte dem Beamten wirklich alles, was er wusste. Er erwähnte sogar die Blumen für Lottes Bild. Zum Schluss fragte Linker: „Und? Was halten Sie von alledem?" Er legte großen Wert auf Trebitzs Meinung.

Der Beamte zog beide Schultern hoch. „Es lassen sich ja die verschiedensten Vermutungen aufstellen. Aber all diese versuchsweisen Lösungen passen wohl zu einem Teil der Vorgänge, nicht aber zu einem Ganzen. Es finden sich einige Unstimmigkeiten, über die man nicht hinwegkommt. Weiter darüber zu spekulieren hätte nicht viel Sinn. Lassen Sie uns damit keine Zeit vergeuden. Ich möchte mir noch ein paar Dinge notieren."

So schrieb er sich den Namen des Architekten Gülden auf, der vordem das zweifenstrige Zimmer bewohnt hatte, fragte nach dem Namen des Arztes, von dem Ernst Kunath damals während der zum Tode führenden Erkrankung behandelt worden war, und nach manchen anderen Einzelheiten, die der Assessor vorerst leider nur zum Teil beantworten konnte. Jedenfalls merkte Linker, dass Trebitz sehr gründlich sein wollte und wohl auch bereits einen Plan für sein Vorgehen im Kopf hatte.

Als er ihn fragte, ob Letzteres zutreffe, erwiderte der Beamte sehr bedächtig, indem er in sein Notizbuch auf eine leere Seite allerlei Kreuze malte, die er durch Linien verband und nummerierte: „Diese flüchtige Zeichnung hier ist nichts als eine übersichtliche Skizzierung der Personen, die für den Fall in Betracht kommen, ihre Beziehungen zu einander und ihrer Wichtigkeit für die Gesamtzusammenhänge. Sie sehen, Herr Assessor, dass die Kreuze verschieden groß sind. Hier, dies besonders dicke und auffallende, trägt neben sich die Buchstaben E. R. – Wissen Sie, wer das sein soll?"

Linker schüttelte erst den Kopf, fragte aber dann: „Reschke?"

„Ganz richtig. Ich halte ihn für ziemlich bedeutend in der ganzen Geschichte."

„Gewiss, er kennt ja auch die meisten Einzelheiten."

„Freilich. Aber nicht nur aus dem Grunde. Ich habe so das Gefühl, dass er nicht so ganz unparteiisch über all diesen Dingen schwebt. Da steckt doch mehr dahinter, als bloßes Interesse, bloße Neugier an irgendwelchen geheimnisvollen Vorgängen."

„Kann sein", stimmte Linker nachdenklich zu. „Er hat offenbar viel für die Familie Kunath übrig, sehr viel sogar! Ihm liegt, so scheint's, viel daran, dass diese Familie unbescholten bleibt, dass nicht vielleicht auch weitere Gerüchte über die Hildegard auftauchen, vielleicht sogar noch schlimmere als die um die kleine Liebestäuscherin."

Paul Trebitz lächelte fast unmerklich in sich hinein.

„Gewiss hat er ein Interesse an den Kunaths, sogar ein übergroßes!", meinte er mit ganz besonderer Betonung. Der Assessor horchte auf.

„Sie haben doch irgendeinen Hintergedanken, Trebitz. Rücken Sie heraus damit!", forderte er den Beamten gespannt auf.

„Ja, einen Hintergedanken recht eigenartiger Natur habe ich freilich, das vermuten Sie richtig. – Also … Finden Sie es nicht merkwürdig, dass dieser doch auch ziemlich rätselhafte Herr Reschke so schnell zu Ihnen ein Vertrauen gefasst hat, wie man es sonst nur einem lange bewährten Freund entgegenbringt? – Ich nenne ihn rätselhaft, denn er will den Eindruck vermitteln, er wäre am Verhungern, er besitzt aber Möbel und Gegenstände von hohem Wert, er bewohnt ein sicherlich nicht ganz billiges, großes Zimmer seit fünfzehn Jahren und bietet Ihnen Zigarren an, die sich sonst nur verdammt reiche Leute leisten können. – Wenn das so stimmt, wie Sie sagen, übertreibt er seine Armut nach außen hin ganz absichtlich, und dahinter muss ja wohl ein Zweck verborgen sein. Und dieser alte Herr kommt zu Ihnen und wirbt um Sie als Bundesgenossen, weiht Sie in Dinge ein, die der bis dahin angeblich gegen jedermann fest in seinem Innersten verschlossen hielt, obwohl Sie ihm doch ganz wildfremd waren. – Ja, Herr Assessor, was würden Sie denn dazu sagen, wenn dieser Reschke mit den Kunaths, hauptsächlich mit der Sphinx Hildegard, völlig unter einer Decke steckt und nur als … Spion zu Ihnen kam, eben um Sie gründlich auszuhorchen, um festzustellen, ob Sie in der verflossenen Nacht vielleicht Dinge beobachtet haben könnten, die der Sippe Kunath unangenehm werden könnten? – Unter der Maske eines Mannes, der selbst gern über einen ganzen Sack voll angeblicher Geheimnisse Aufschluss haben möchte, lockt er womöglich aus Ihnen das heraus, was Sie selbst mit eigenen Sinnen zu erlauschen im Begriff sind. So könnte nun die ganze verschworene Gesellschaft im Mühlenhaus genau wissen, woran sie mit Ihnen ist, um in voller Sicherheit ihre dunklen Machenschaften weiterverfolgen zu können. – Sie verstehen mich, Ernst Reschke kam im Einverständnis mit

Kunaths zu Ihnen. Er spielte eine genau festgelegte Rolle und er hat ja auch damit Erfolg gehabt, wie ich feststelle. Sie haben ja völlig arglos preisgegeben, was Sie gesehen und erlebt hatten. Und zu diesem Spiel gehört möglicherweise auch alles das, was der alte Herr Ihnen unter der Rubrik ‚Vergangenheit' erzählt hat. Er könnte Ihnen da größtenteils Märchen aufgetischt haben, also Geschichten, die extra für Sie zurechtgestutzt wurden, so dass sie einigermaßen zu Ihren eigenen Beobachtungen passten."

Paul Trebitz sah den Assessor aufmerksam an. Dass seine Vermutungen auf fruchtbaren Boden gefallen waren, erkannte er deutlich an dem recht bestürzten Gesichtsausdruck seines Gegenübers. Und jetzt stieß der Assessor auch schon hervor: „Wenn Sie recht hätten …! Und tatsächlich, fast scheint es so! Ihre Mutmaßungen sind wirklich sehr verlockend. Sie passen ganz verblüffend genau in das ganze Geschehen … Also, Reschkes ganze Erzählung wäre eine einzige, für mich allein berechnete Erfindung … Aber … aber wenn ich mir so den alten Mann wieder vergegenwärtige, dann … dann steigen doch allerlei Zweifel in mir auf. Ich traue ihm so eine hinterhältige Raffiniertheit eigentlich nicht zu. Nein, wirklich nicht. Obwohl ich zugeben muss, dass er selbst in vielem ein Rätsel ist …"

Eine Weile herrschte ein nachdenkliches Schweigen. Trebitz machte eine Handbewegung, als würde er etwas von der Tischplatte herunterschieben. „Weg mit den müßigen Erörterungen!", sagte er mit fester Stimme. „Wir werden ja sehen, was uns die Zukunft bringt." Er erhob sich. „Tun Sie jedenfalls weiter vollkommen harmlos, Herr Assessor, halten Sie die Augen offen aber erzählen Sie Reschke nur gerade so viel, als unbedingt notwendig ist. Sagen Sie ihm bitte, ich wäre augenblicklich anderweitig sehr beschäftigt und könnte mich erst später dieser Sache annehmen. – List gegen List!" Er rieb sich wie in stillem Behagen die Hände. „Auf so einen Fall habe ich lange schon gewartet!", fuhr er fort. „Und der eignet sich allerdings doch zu einem Gesellenstück! – Ich werde vierzehn Tage Urlaub nehmen, um volle Bewegungsfreiheit zu haben, ich werde die Sache Pößnick und Genossen dabei vorschieben. Meine

Vorgesetzten schlagen mir nicht leicht eine Bitte ab. – Ja, das wird am besten sein … Auf Wiedersehen, Herr Assessor. Vergessen Sie nicht: Die Augen offen und die Ohren gespitzt halten! Jede Kleinigkeit ist von Wert."

Trebitz reichte Linker die Hand. Als der Beamte schon seinen Hut genommen hatte und auf die Tür zuschritt, trat der Assessor schnell nochmals an ihn heran und fragte leise: „Meinen Sie, dass auch Look zu der Kunathschen Sippe gehört? Ob er etwa einer von denen ist, die in diesem kleinen Kahn nachts an Hildegards Fenster kommen?"

„Schwer zu sagen, Herr Assessor. Ich möchte beinahe mit Ja antworten. – Halt, ein Gedanke! Sie könnten mal die Nora Mendel ein wenig auszuhorchen versuchen. Es ist doch auffallend, dass sie so verlegen wurde, als Sie sie auf der Treppe auf dem Weg zu Reschke trafen. Es wäre gut zu wissen, welche Fäden sie und den alten Mann tatsächlich verbinden. Ob ihr Ehemann wohl davon weiß, dass sie sich ihre literarischen Ergüsse von ihm ins Reine schreiben lässt? Reden Sie mal mit ihr. Sie haben ja schließlich einen plausiblen Grund, sich über Ihren Nachbarn etwas unterrichten zu wollen."

Dann ging Trebitz und ließ Karl Linker mit sehr widerstreitenden Empfindungen zurück, mit einem Gefühl der Unzufriedenheit mit sich selbst. Der Polizist hatte ihm schließlich klargemacht, wie herzlich naiv er doch sein konnte.

‚Wäre ich doch bloß nie in das alte Mühlenhaus gekommen!', dachte er missmutig. ‚Was gehen mich überhaupt diese merkwürdigen Menschen an! Was interessiert es mich, was irgendeine Hildegard nächtens für Besucher durchs Fenster in ihr Zimmer lässt und was sie mit ihnen treibt!'

Er nahm einen Aktenband zur Hand und versuchte, einen Schriftsatz für den nächsten Termin auszuarbeiten. Aber seine Gedanken schweiften immer wieder ab. Die Maschinenschrift der Aktenseiten mit ihrer lilafarbenen Charakterlosigkeit verschwamm vor seinen Augen zu allerlei Nebelgebilden, aus denen dann ein Mädchenkopf mit einem schicken hellgrauen Hut wurde …

Plötzlich spürte er, wie sein Herzschlag schneller wurde, wie eine heiße Welle durch seinen Körper flutete, wie das Blut ihm bis in die Fingerspitzen pulste ... Hildegard! – Diese brennend roten Lippen, diese geschmeidige Gestalt ...!

Er straffte sich und murmelte eine Verwünschung über das ganze Weibervolk dieser Welt vor sich hin. Das fehlte gerade noch! Dort in der Heimat wartete Lotte Harrich, das Goldfischlein, und hier eine andere, die ihn bereits unleugbar beunruhigte, mit der seine Phantasie sich beschäftigte. Die leibhaftige Sünde! Es durfte einfach nicht sein! – Mit aller Gewalt zwang er sich zur Arbeit. Aber es wollte damit nicht recht vorwärtsgehen. So blieb denn auch bei Büroschluss in seinem Aktenblock einiges unerledigt liegen, und er beauftragte einen der kleinen Schreiber, ihm die Sachen nach Hause zu bringen.

Zusammen mit Mendel verließ er das Eckhaus in der Langgasse. Sie hatten so ziemlich denselben Weg, wenigstens bis in die Nähe der alten Mühle.

Der „Vereinsmeier" berichtete, dass seine Frau ihn nachmittags im Büro aufgesucht und auch ihre Begegnung mit Linker auf der Treppe im alten Mühlenhaus erwähnt hatte. Den Assessor beschlich das Gefühl, als ob die kleine Frau Nora dies aus Berechnung getan hätte, damit er ja sähe, dass ihr Gatte von ihren Aufträgen an den alten Reschke Kenntnis hat.

„Meine Frau hat mit ihren Novellen schon recht nette Erfolge gehabt", meinte der Anwalt mit gewissem Stolz. „Sie ist überhaupt sehr vielseitig. Nur mich müsste sie nicht so stark für ihre Privatbestrebungen anspannen. Sie übertreibt in dieser Beziehung etwas, ganz unter uns gesagt." Und Mendel gähnte verstohlen.

„Ein merkwürdiger Mensch, der alte Reschke", warf Linker wie nebenbei hin, um das Gespräch nicht eine andere Wendung nehmen zu lassen. „Kennst du ihn eigentlich persönlich, Mendel? – Was mag er wohl früher mal gewesen sein?"

„Keine Ahnung! Hab den Mann auch noch nie zu Gesicht bekommen, jedenfalls nicht bewusst. – Er soll ja außerordentlich gebildet sein, wie Nora mir erzählte, und soll sich früher selbst als Schriftsteller versucht haben, aber anscheinend ohne Erfolg. – Ich vergesse derartige Nebensächlichkeiten so leicht. Jedenfalls ist er ein recht armer Teufel, dem es aber früher einmal besser ergangen sein soll, so etwas wie eine gescheiterte Existenz."

Der „Vereinsmeier" war ein untaugliches Objekt für derlei Nachforschungen. Das sah Linker bald ein und ließ daher auch den Gegenstand seiner Nachfragen fallen. Vielleicht hatte er mit der Person James Looks mehr Glück? – Mendel zeigte sich jedoch auch hinsichtlich des Engländers wenig mitteilsam.

„Ganz interessanter Mensch, soweit seine Reisen in Betracht kommen", meinte der Rechtsanwalt. „Da stimme ich dir schon zu. Aber im Übrigen nicht viel dahinter, mein lieber Linker, wirklich nicht; ein Schwadroneur. Na ja, er verkehrt halt gelegentlich bei uns, weil er einigermaßen unterhaltsam ist, er ist halt geduldet."

„Scheint etwas großspurig zu sein", blieb der Assessor beim Thema. Mendel nickte zerstreut.

„Tja, er faselt gelegentlich von großen Reichtümern, die ihm mal in den Schoß fallen werden. Wie zu hören ist, pumpt er alle Welt an, auch um ziemlich beträchtliche Beträge. Zu Sonntag hatte er uns ja zu einer Segelpartie mit seiner Jacht eingeladen. Gut, dass er heute angerufen und ausgerichtet hat, er würde sich nicht ganz wohl fühlen und daher sollten wir schon mal mit einer Absage für Sonntag rechnen, für den Fall, dass es ihm bis dahin nicht besser geht. Nora würde das bedauern, mir wär's nur recht. Ich hab' weiß Gott Besseres zu tun, als den ganzen Tag auf dem Wasser herumzugondeln und womöglich noch seekrank zu werden. – Übrigens der englische Generalkonsul sollte auch mit dabei sein und auch unser Regierungspräsident. Na, ich bin jetzt nicht mehr so sehr versessen auf solcherlei hohe Herrschaften. Ich komme schließlich auch ohne sie vorwärts. Früher brauchte ich sie mal. Jetzt, na, ich sitze ja nun fest im Sattel. Man hat mich gestern ins Ausstellungskuratorium gewählt."

„Ah, Glückwunsch!", erwiderte Linker und setzte wie beiläufig fort: „Also Look ist erkrankt. Was fehlt ihm denn?"

„Ja. Er hält sogar Bettruhe. Der Arzt hat ihm absolute Ruhe verordnet, weil er gestern Nacht eine Art schweren Ohnmachtsanfall gehabt haben soll. Ist plötzlich ohne ersichtlichen Grund einfach so aus den Latschen gekippt. Er sagte, der Arzt hätte gemeint: nervöse Überreizung als Ursache. Oder so was Ähnliches. Aber wenn du mich fragst, dann vermute ich eher, dass er die letzten Nächte einfach zu lang hat werden lassen, der alte Schürzenjäger. Seine eigene Schuld."

„Nicht nur Spieler, auch ein Schürzenjäger, wie?", warf Linker lachend hin.

„Kann man wohl so sagen", bestätigte Menzel und blieb stehen, wobei er Linker seine Hand reichte. „So, hier trennen sich unsere Wege, mein Lieber. Gute Nacht. Und bis morgen."

„Bitte empfiehl mich deiner Gattin. – Gute Nacht."

Der Assessor schritt nun nachdenklich am Mühlengraben entlang. ‚Ohnmachtsanfall – sieh da …!', dachte er. ‚Merkwürdiges Zusammentreffen, wahrhaftig! Das muss ich Trebitz erzählen. Was, wenn nun James Look der Mann gewesen ist, der aus Hildegards Fenster in das Ruderboot gehoben wurde? – Ohnmachtsanfall! Aber wodurch kam es wohl gerade im alten Mühlenhaus dazu? Diese Ohnmacht muss recht bedenklich gewesen sein, sonst hätte man doch gewartet, bis er wieder zu sich gekommen wäre. – Sehr merkwürdige Geschichte …'

Die Patentante

Vier Tage später. – Inzwischen hatte sich nichts von besonderer Wichtigkeit ereignet.

Linker war einmal mit Ernst Reschke und zweimal mit Trebitz zusammengekommen, ohne dass diese Besprechungen die Dinge irgendwie hätten klären können. Dem Alten gegenüber hatte der Assessor so getan, als würde der blonde Wasserpolizist erst später mit seinen Nachforschungen beginnen können. Das Ruderboot war auch nicht wieder aufgetaucht. James Look war anscheinend immer noch nicht auf den Beinen. Trebitz hatte diese Tatsache von dem „Ohnmachtsanfall" nur noch mehr in seiner Annahme bestärkt, dass der Engländer mit der Kunathschen Sippe eng verbandelt wäre.

Im alten Mühlenhaus waren die Tage in ihrem ruhigen Gewohnheitstrott verstrichen. Linker hatte im Büro und auch daheim recht viel zu tun gehabt, so dass er zeitweise sogar Hildegard und alles andere fast ganz vergessen konnte. Sie selbst zeigte sich recht zurückhaltend, wenn auch nicht gerade unfreundlich dem neuen Hausgenossen gegenüber. Ganz anders verhielt sich dagegen ihr Bruder Arnold, der inzwischen von Karl Linker im Stillen „Fliegenleim" getauft worden war. Der Junge schien aus unerklärlichen Gründen für den möblierten Untermieter eine besondere Sympathie zu empfinden. Er kam unter den verschiedensten Vorwänden recht häufig zu ihm und war dann nur schwer wieder loszuwerden. Er klebte manchmal auf seinem Stuhl förmlich fest, erzählte dem Assessor allerlei Dinge, von denen er annahm, dass sie diesen interessieren würden. Doch nie hatten sie etwas mit den seltsamen Vorgängen zu tun, denen sich Linker auf den Grund zu gehen bemühte. – Manchmal wollte er schon deutlich werden und dem jungen Gecken, der tatsächlich ein von sich selbst eingenommener Fatzke war, zu verstehen geben, dass ihm seine Besuche lästig wurden. Aber Linker fehlte einfach das Quäntchen Schneid, das dazu nötig gewesen wäre, um hier entsprechend deutlich zu werden.

Doch an einem dieser gefühlt langen Tage um die Mittagsstunde herum hatte sich etwas ereignet, das ihm sehr zu denken gab. Es war ein Regentag gewesen, und er war außergewöhnlich früh und auf seinen Gummischuhen so leise nach Hause gekommen, dass Kunaths wohl nicht ahnten, dass er schon daheim sei. Kaum hatte er Regenmantel und Hut abgelegt und seinen Schirm aufgespannt und zum Trocknen in eine Ecke gestellt, als er Schritte im Flur und gleich darauf des jungen Banklehrlings Stimme hörte, die recht laut war und deutlich gereizt klang: „... wenn das so ist,

dann habe ich das letzte Mal mitgemacht! Hast du verstanden?!
Mir wird die Sache allmählich zu heiß! Wie gefährlich das werden
kann, das haben wir ja wieder letztens gesehen! Wenn ich meinen
Anteil nicht kriege wie abgemacht, steige ich aus! Dann könnt ihr
zusehen, wie weit Ihr ohne mich kommt! Und überhaupt bringt die
ganze Sache viel zu wenig ein! Ich hab' außerdem keine Lust, so zu
enden wie Vater!"

Hier verstummte Arnold Kunath abrupt. Dann fiel eine Tür ins
Schloss mit ziemlichem Knall. Offenbar hatten entweder Hildegard
oder Frau Kunath den aufgebrachten Jungen mit einem stummen
Zeichen gewarnt, im Flur mit Rücksicht auf den Untermieter nicht
so laut zu sprechen, der vielleicht doch schon zu Hause sein
könnte. Der Assessor hatte weiter vermutet, dass sich jetzt höchst-
wahrscheinlich jemand davon überzeugen kommen werde, ob
Arnolds unvorsichtige Äußerungen von ihm mitangehört worden
sein könnten. Er begab sich daher mit einer Zigarette zum offenen
Fenster und tat dann auch so, als ob ihm das bald darauf vernehm-
bare Klopfen an seiner Zimmertür entgangen wäre, merkte jedoch
sehr wohl, wie die Tür einen Spaltbreit geöffnet und sofort wieder
geschlossen wurde. Es hatte also tatsächlich jemand geprüft, ob
die Tür wohl abgeschlossen wäre.

Als nachher Hildegard das Mittagessen brachte, spielte Linker
den Gutgelaunten, scherzte ein wenig mit ihr, nahm aber mit Befriedigung nebenbei davon Notiz, dass sie ihn zuerst forschend an-
geblickt hatte und dann ein Ausdruck von seelischer Erleichterung
über ihr Gesicht gehuscht war.

Linker hatte nicht versäumt, diesen Zwischenfall Trebitz mitzu-
teilen, der sich sofort die Worte Arnold Kunaths notierte, so gut
der Assessor sie noch im Kopf hatte, indem er dazu äußerte, die
Bemerkung des jungen Mannes „… Wie gefährlich das werden
kann, das haben wir ja wieder letztens gesehen!"…, könnte sich
sehr wahrscheinlich auf den Ohnmachtsanfall James Looks bezogen haben. – Zum Schluss hatte Trebitz dann noch gesagt: „Ja,
diese Geschichte ist nicht nur gefährlich, sondern noch weit ver-
worrener, eben ein richtiges Rätsel, das alle möglichen Deutungen

zulässt." – Das war am dritten dieser vier mittlerweile verstrichenen Tage gewesen.

Am fünften Tag fand Karl Linker mittags auf seinem Schreibtisch zwei Briefe vor, einen von seiner Braut, den anderen von seiner Mutter. Lottes Schreiben – das erste seit seiner Abreise aus der Heimat, abgesehen von zwei knapp getexteten Ansichtskarten – war schon in der Anrede recht kühl gehalten: „Lieber Karl! Eigentlich hat Mama an Dich schreiben wollen. Aber sie meint, mir als Deiner Braut käme es ebenso gut zu, Dich auf etwas aufmerksam zu machen, das uns alle sehr verstimmt hat. Du schilderst in Deinen beiden Briefen an mich zwar Deine neue Wohnung samt der Wirtin Frau Kunath, Deine Tätigkeit und die Familie Mendel und deren vornehmes Heim sehr genau, scheinst aber aus einem gewissen Gefühl der Schuld heraus uns absichtlich verschwiegen zu haben, dass mit Dir unter einem Dach, noch mehr, in derselben Wohnung, ein Mädchen lebt, dessen Ruf nicht gerade der allerbeste ist. Wen ich meine, wirst Du schon wissen! Wir hätten hiervon kaum etwas erfahren, wenn nicht Deinem Haus gegenüber auf der anderen Seite des Mühlengrabens meine Patentante Mathilde Gründling wohnen würde, bei der Mama angefragt hatte, ob Du auch in einem anständigen Haus ein Unterkommen gefunden hast. Tante Mathildes Auskunft war so, dass Mama vor Empörung einen Migräneanfall bekam, zumal kurz vorher ein Streit mit Papa stattgefunden hatte, der leider wieder sehr heftig war. Doch hierauf will ich nicht näher eingehen. Mama sagte zu mir, als sie Tantes Brief gelesen hatte: ‚Dein Bräutigam ist nicht um einen Deut besser als alle anderen Männer. Er unterschlägt dir die Existenz dieses verworfenen Geschöpfes, die nur in Lackschuhen und halbweltmäßig gekleidet den Männern nachrennt. Wahrscheinlich hat er schon ein schlechtes Gewissen.' – Nun, wenn ich selbst auch Vertrauen zu Dir habe, so finde ich es doch nicht schön von Dir, dass Du, kaum dass du weg bist, schon Heimlichkeiten vor mir hast. Mama meint, mit Verschweigen von Kleinigkeiten fängt es an, und mit Seitensprüngen hört es auf. – Mama lässt Dich nun ‚dringend' bitten, Dein Zimmer sofort zu kündigen und auch sofort auszuziehen.

Tante Mathilde will Dich gern bei sich mit voller Pension aufnehmen. Sie ist eine reizende alte Dame, war früher Gouvernante bei einem Grafen, bei sehr, sehr vornehmen Leuten, bei denen die Tante selbst etwas geradezu Aristokratisches in ihrem ganzen Auftreten angenommen hat. Mama meint, Du wirst bei ihr sehr gut aufgehoben sein, sozusagen doch gleich mit Familienanschluss. Tante ist von Mama bereits auf Deinen Besuch vorbereitet und erwartet Dich täglich zwischen ein und zwei Uhr mittags. Wenn Du erst dort wohnst, werden wir Dich sehr bald auf einige Tage besuchen kommen.

Hier ist jetzt auf dem Landratsamt ein neuer Regierungsassessor eingezogen, ein Freiherr Külz von Wetterstein. Er hat auch bei uns einen Besuch gemacht. Papa ist doch Stadtverordnetenvorsteher und Vorstand des konservativen Vereins. Der Freiherr ist ein ganz reizender Mensch und Reserveoffizier bei den Gardeulanen. Er hat mich gestern gleich zum Tennis abholen wollen, aber Mama machte ihn darauf aufmerksam, dass ich verlobt sei. Als wir von Dir sprachen und Deinen Namen nannten, meinte er, er müsste Dich von Freiburg her kennen …"

Das Weitere überflog Linker nur mit einem Blick, stellte fest, dass Lotte zum Schluss nur schrieb … „Viele innige Küsse …" – Sonst waren es stets „unzählige, heiße" gewesen – und zerriss den Brief dann in viele Stückchen, die er zum Fenster hinauswarf. Lustig flatterten die weißen Fetzen wie kleine Vöglein in der Luft und senkten sich schließlich auf das gelbbraune Wasser des Kanals herab, zogen mit der Strömung dahin und verschwanden so auf Nimmerwiedersehen.

Linker schaute ihnen gedankenverloren nach. Dieser Brief war so ganz Lotte Harrich gewesen, wie sie leibte und lebte; „Mama meint … Mama sagt …" Und dann der geistige Kniefall vor Külz von Wetterstein! – Ob er ihn kannte? Nur zu gut! Der wäre auch nie Assessor geworden, wenn er nur Müller geheißen hätte! Ein fader, blasierter Geselle aus einem verarmten Adelsgeschlecht, trotzdem hochmütig und anmaßend und mit allen äußeren Zeichen von Degeneration behaftet: Glotzaugen, eingedrückte Nase, abstehende

Ohren, schütteres Haar … Und Lotte schrieb: „Ein ganz reizender Mensch." – Linker lächelte. – Ja, wahrhaftig, er konnte noch lächeln, selbst wenn er an das Tollste aus diesem Brief dachte: an die versuchte Bevormundung, an die Mama, die „dringend" bitten ließ, sofort seine Bleibe zu kündigen und zu Tante Gründling zu ziehen. – Was für eine Frechheit von seiner Schwiegermutter! Was diese Pseudotante sich wohl so einbildete! – Na, die Gesellschaft sollte ihn kennen lernen! Er würde seinem Lottchen einen Brief zurücksenden, an dem die Frau Schwiegermama ihre Freude haben sollte …!

Dann nahm er den zweiten Brief zur Hand, den von seiner Mutter. – Aha! Frau Harrich hatte die Auskunft über das „verworfene Geschöpf" unverzüglich weitergeleitet. Die Mutter schrieb ganz ähnlich wie Lotte. Es hagelte Vorwürfe, aus denen nur die Angst sprach, diese Verlobung könnte womöglich auseinandergehen. – Der Assessor seufzte tief. – Lotte betete den Adel an, die Mutter das Geld. Reichtum schien ihr der Inbegriff allen Glückes. Ach, die gute, kurzsichtige Mutter! Sie hatte ja wohl immer nur sein Bestes gewollt.

Es klopfte kurz. Noch bevor Linker „herein" gerufen hatte, trat Arnold Kunath ein. Er hatte sich seit einiger Zeit eine neue Art von Verbeugung angewöhnt, sehr gemessen, sehr knapp, dazu ein Handreichen mit möglichst eckigen Bewegungen. Linker fragte nach der Begrüßung ziemlich kurz: „Na, was gibt's?"

„Herr Reschke von oben war vorhin hier und bat mich, Ihnen zu bestellen, dass er Sie unbedingt sofort sprechen möchte, Herr Assessor."

„Gut, danke. Ich werde ihn gleich nach Tisch aufsuchen. – Ob das Mittagessen wohl fertig ist?"

„Jawohl. Mama bringt es sofort. Es gibt Kartoffelpuffer und nachher Leber, meine Leibspeise."

„So? Na, dann guten Appetit. – Auf Wiedersehen."

Der junge Mensch entfernte sich mit etwas langem Gesicht. Er hatte doch seinen Bekannten gegenüber so sehr mit der Freundschaft des Assessors geprahlt. Und nun schien dieser die Beziehung abkühlen zu wollen. – Arnolds Sympathien für Linker begannen zu sinken. Kaum war er hinaus, erschien auch schon Frau Kunath mit dem großen, vollgestellten Tablett. Linker aß trotz der beiden Briefe mit großem Behagen, nahezu mit Andacht. Das kleine, schüchterne Frauchen kochte wirklich ganz vorzüglich. – Was wohl Ernst Reschke von ihm wollte? Und so dringend? Das musste dann schon einen besonderen Grund haben.

Noch ehe er seine Mahlzeit beendet hatte, klopfte es abermals. Diesmal war es Hildegard. Dem warmen Wetter gemäß hatte sie sich sommerlich gekleidet; ein einfach gearbeitetes Kleid, das aber wie angegossen saß. Sie entschuldigte sich; sie hätte gedacht, sie könnte bereits abräumen. Und wollte wieder gehen.

„So bleiben Sie doch, Fräulein Hildegard", meinte er freundlich. „Ich bin schon beim letzten Happen. – Nehmen Sie Platz. Weshalb wollen Sie so förmlich sein? Wir sind doch Hausgenossen."

Sie schaute ihn überrascht an. Noch nie hatte er sie mit Fräulein Hildegard angeredet, bisher stets nur mit dem kalten „Fräulein", das so nach einer dienenden Stellung klang. Noch nie war ein so warmer Ton in seiner Stimme gewesen. – Sie ahnte nicht, dass er gutmachen wollte, was zwei Briefe ihr angetan hatten, zwei Briefe, in denen die Bezeichnung „verworfenes Geschöpf" vorgekommen war. – Und dafür hielt er sie nun einmal nicht, auf keinen Fall tat er das! Mochte sie noch so leichtsinnig, noch so unbedacht gehandelt haben; eine solche Beschimpfung verdiente sie nicht! Gerade diese Überzeugung hatte sich in den letzten Tagen immer mehr in ihm festgesetzt, nachdem er einmal ganz kühl alles gegeneinander abgewogen hatte, was er von ihr wusste. Er hatte daran gedacht, was er mit ihr selbst bereits erlebt hatte an kleinen Episoden, die sie ihm gewiss rätselhaft erscheinen ließen, aber auch anderseits die Annahme rechtfertigten, dass sie womöglich seelisch schwer unter ihrer eigenen Unzugänglichkeit litt. Besonders, als sie sich gleich am ersten Abend nach seinem Einzug in das neue Heim wegen der Unaufrichtigkeit ihrer Mutter gegenüber vor ihm zu rechtfertigen versucht hatte, als ihr leises Aufschluchzen aus dem Halbdunkel zu ihm gedrungen war und sie nachher mit weher, zitternder Stimme get hatte: „Es wird wohl alles zwecklos sein …" Und dann eine andere Szene, die ihm ebenfalls nachträglich zu denken gegeben hatte, als er sich für die Blumen bedankte, die Frau Kunath neben Lottes Bild gestellt hatte. Da hatte Hildegard leise gesagt: „Zu einer Braut gehören Blumen", leise, mit besonderer Betonung und einem ganz merkwürdigen Ausdruck in den großen, ausdrucksvollen Augen … Nein, verworfen war sie nicht! Da hatten all diese Moralapostel denn doch zu hemmungslos geurteilt. Und das wollte er nun wettmachen, indem er recht freundlich zu ihr war.

Hildegard hatte sich nicht gesetzt, sie lehnte sich nur leicht gegen den Kleiderschrank und horchte mit einem stillen Leuchten in den Augen auf Linkers harmloses Geplauder.

„Es wird jetzt Frühling … tja … Sie haben dem strahlenden Sonnenschein ja auch schon ein Zugeständnis gemacht; Ihr Kleid. – Recht so! Junge Mädchen in Hell erscheinen mir immer selbst wie Frühlingsblumen …"

So sprach er weiter, zwanglos, beinahe fröhlich. Er konnte ihren Augen damit ein freundliches Glänzen entlocken. Ihr Mund behielt jedoch den herb anmutenden Zug, und in ihrem sonstigen Verhalten drückte sich vorsichtige Zurückhaltung aus, wie sie so an der Schrankecke stand, in der herabhängenden Linken das Tablett, während die Rechte mit der silbernen Uhrkette spielte.

Dann wurde er an Ernst Reschke erinnert, weil dessen schwere Schritte, wenn auch nicht eben laut, doch recht deutlich vernehmbar wurden.

„Ach ja, ich sollte ja dringend zu John Gabriel Borkmann kommen!", sagte er, mit dem Zeigefinger nach der Zimmerdecke weisend, indem er sich gleichzeitig erhob. „Er wird wohl wegen des neuen Aktenauszuges etwas zu fragen haben. – Bitte, Fräulein Hildegard, richten Sie doch Ihrer Mutter von mir aus, dass es mir vorzüglich geschmeckt hat."

„Zu wem sollten Sie kommen?", fragte sie mit leicht gehobenen Brauen. „Hab' ich recht gehört? Nennen Sie etwa den Herrn Reschke John Gabriel Borkmann?"

Linker nickte mit spitzbübischem Lächeln und antwortete: „Weil er auch so unermüdlich hin und her geht. – Kennen Sie das Theaterstück von Ibsen?"

„Ja, von der Bühne und auch vom Lesen", erwiderte sie. „Sie ahnen nicht, Herr Assessor, dass es nicht nur das ständige Auf und Ab, dieses andauernde, unruhige Geräusch dort oben ist, was Ihren Vergleich rechtfertigt."

Als Linker sie daraufhin fragend ansah, fügte sie nachdenklich lächelnd hinzu. „Der Vergleich trifft auch noch in anderer Beziehung zu, ja, auch in der bitteren Tragik, die dieses alte Haus durchzieht."

Karl Linker horchte auf. Nicht, weil diese Andeutungen ausgerechnet über Hildegards Lippen kamen. Nein, sondern weil sie die letzten beiden Sätze in ganz eigener Weise gesprochen hatte, als würde ein Gefühl aus den Tiefen ihrer Seele jedem ihrer Worte einen dunkleren Ton verleihen.

„Wollen Sie mir das nicht näher erklären?", bat er, indem er sich ihr dicht gegenüberstellte. „Ich habe eigentlich viel Interesse für Reschke. Er ist eine interessante Persönlichkeit, und er scheint schwer gelitten zu haben in seinem Leben …"

Ihr Blick ging an ihm vorüber, verlor sich in fernen Weiten irgendwo.

„Gelitten?", wiederholte sie fast tonlos. Nach einem kleinen Schweigen sprach sie weiter: „Wer hat denn hier in diesem Haus nicht gelitten? – Aber er war es, der einen furchtbaren Unfrieden hierhergebracht hat. Das war er. Es ist eine traurige Geschichte …"

Dann schaute sie Linker plötzlich an, als merke sie jetzt erst, dass er es war, zu dem sie sprach. Ihre Lippen pressten sich fest zusammen. Auf einmal eilte sie an ihm vorüber zum Esstisch und begann das Geschirr auf das Tablett zu stellen.

„Das klingt seltsam, Fräulein Hildegard", sagte er und trat zu ihr an den Tisch. „Das Abräumen wird doch Zeit haben. Erzählen Sie mir diese traurige Geschichte."

Sie hob den Kopf. Finstere Ablehnung war in ihrem Gesicht zu lesen. „Diese Geschichte? Wie käme ich dazu?! – Ach, sein Sie doch lieber froh, dass ich Ihnen diese Tragödie erspare. Entschuldigen Sie. Ich hätte einfach nicht davon anfangen dürfen."

Sie räumte den Tisch ab. Das Gespräch war beendet. Karl Linker sah, dass er bei Hildegard nichts erreichen würde; jedenfalls heute noch nicht. Noch war das Eis nicht geschmolzen. Aber draußen lachte ja der Frühling, da schien die warme Sonne … Und die würde vielleicht mithelfen, dass sie ihm eventuell doch noch genug Vertrauen entgegenbrachte, um sich das Herz einmal frei zu reden. – Er sagte nichts mehr, er ging still aus dem Zimmer und stieg die Treppe empor zu Ernst Reschke.

Die große Leidenschaft

Der Alte empfing ihn mit freundlichem Blick und festem Händedruck. Er trug diesmal ein edles braunes Samtjackett. Aus seinem offenen Hemdkragen schaute ein dezent glänzendes Seidentuch hervor.

„Gut, dass Sie da sind, Herr Assessor. Ich brauche heute einen Menschen wie Sie, dem der anständige Charakter aus den Augen strahlt, bei dem man gewissermaßen seine Beichte ablegen kann, wenn einem danach zumute ist. Und so geht es mir heute. – Bitte setzen Sie sich."

‚Vorsicht!', dachte Linker bei dieser Menge Honig, die ihm da in einem einzigen Schwall ums Maul geschmiert wurde. Der Alte sprach weiter: „Machen Sie sich's bequem. Und dort stehen auch Zigaretten. Bedienen Sie sich ganz nach Belieben. Mir aber gestatten Sie, dass ich ein wenig auf und ab gehe. Es ist eine unerklärliche Unruhe in mir, oft, sehr oft, die sich nur durch körperliche Bewegung beschwichtigen lässt."

Kraftvoll und gleichmäßig schritt er auf und ab, fast wie ein Soldat auf seinem Wachposten. Erst heute fiel es Linker auf, dass Reschkes Gang eigentlich gar nicht der eines Greises war und mit seinen ehrwürdigen weißen Haaren gar nicht im Einklang stand. Dieser Gang verriet immer noch einen gewissen Kraftüberschuss und hatte beinahe etwas Jugendliches an sich. Und damit stimmten auch der klare Blick, die feste Stimme und die gesunde Gesichtsfarbe überein.

Da begann Reschke auf einmal wieder zu sprechen, wobei es Linker so schien, als hätte er sich die folgenden Worte vorher sorgfältig zurechtgelegt: „Jede Beichte hat ihren guten Grund. Bei dem einen ist's Gewohnheitssache; das sind die äußerlich Frommen, die dem Priester alle vierzehn Tage beichten. Bei anderen rührt sich das Gewissen und sie wollen eine schwere Last loswerden durch menschlichen Zuspruch, sei es durch den eines Geistlichen oder eines Freundes, jedenfalls eines Menschen, bei dem sie auf Verständnis hoffen. Manche wiederum beichten nur scheinbar. Sie wollen sich nur selbst reden hören, nur protzen mit ihren begangenen Bosheiten, sich als ein Mephisto oder Don Juan aufspielen. – Man könnte noch mehr Sorten finden, wenn man so darüber nachdenkt. Nun, also ich selbst gehöre zu keiner dieser Kategorien. Mich hat heute ein rein äußerer Anlass dazu gedrängt, mit Ihnen eine Aussprache herbeizuführen, Herr Assessor, und zwar ein Besucher bei meiner Wirtin, der Frau Winkler. – Zehn Uhr vormittags ungefähr wollte ich mir von ihr Nadel und Zwirn geben lassen. Es gibt halt gewisse Knöpfe, die wir Herren uns schon allein annähen müssen ... na ja. Ich hörte also in dem Vorzimmer jemand sprechen, wollte gerade anklopfen, da fiel mein Name. Ich verstand ihn ganz deutlich. – Ich bin möglicherweise eine etwas misstrauische Natur zugegebenermaßen. Auch wenn das nicht gerade das allerfeinste Benehmen ist ... Also ich spielte den Lauscher an der Wand, in diesem Fall an der Tür. Und ich gestehe sogar, dass ich durchs Schlüsselloch gespäht habe. – Es war ein Mann, der sich mit der Winkler über mich unterhielt. Er sah wie ein Seemann in Zivil aus, mit gebräuntem Gesicht, wie halt Leute aussehen, die sich viel an der frischen Luft aufhalten. Blond, Auffallend hellblaue Augen ... Er saß gerade dem Schlüsselloch gegenüber. – Viel von dem, was die beiden sprachen, verstand ich nicht. Aber was ich davon mitbekam, genügte mir, um zu begreifen, dass der Mann über mich Erkundigungen einzog. Und es klang fast so, als würde er dies Kraft irgendeines Amtes tun. Die Winkler antwortete ziemlich leise und einsilbig."

Reschke blieb jetzt vor Linker stehen und schaute ihn mit einem verkniffenen Lächeln an. „Der Mann ist wahrscheinlich dieser Polizist, dieser Trebitz gewesen, der uns, wie ich meine, doch eigentlich helfen wollte. – Könnte das sein?"

Der Assessor war plötzlich sehr rot geworden, erwiderte aber ehrlich: „Tja, ich weiß es nicht genau. Aber ich nehme auch an, der war's."

„So, so ... Na, dann dürfte mich der Polizist wohl nicht gerade für unbescholten halten. Sicher nicht. Vielleicht denkt er, ich stecke mit Familie Kunath und den Leuten im Ruderboot unter einer Decke?"

Linker wurde auf einmal recht schwül zumute. Sollte er den Alten weiter belügen? – Er bekam es nicht fertig. Heute erschien ihm der Verdacht des argwöhnischen Trebitz gegen Ernst Reschke nahezu unsinnig. Dieser Mann hier war ein sehr feinsinniger Denker, ein nahezu weiser Gesprächspartner, so einer ist doch kein Betrüger, kein Heuchler, kein Krimineller!

Reschke stand noch immer mit diesem gutmütigen Schmunzeln vor dem Assessor. Und als dieser sich ausschwieg, fuhr er fort: „Dieser Trebitz hat wohl das Samenkorn des Misstrauens auch in Ihr Herz gepflanzt, wie? – Ja, das ist typisch für diese berufsmäßigen Spürhunde. Das ist nun einmal ihre Taktik, mit heimlichen und daher unheimlichen Waffen zu kämpfen. Und ihr besonderer Trick ist immer, einen jeden zum Argwohn gegen jeden aufzustacheln. So bauen sie ein großes gegenseitiges Belauerungssystem auf. Und so erhoffen sie sich, Informationen von allen Seiten zu sammeln, aus denen sie dann ihre Schlussfolgerungen ziehen. – Ja, Herr Assessor, Sie können es getrost zugeben; auch Sie sollten mir gegenüber eine bestimmte Rolle spielen, nicht wahr? Sie sollten vermutlich so tun, als wäre ich für Sie weiterhin ein harmloser Sonderling, dabei könnte ich ja möglicherweise jemand sein, der tief in irgendwelche dunklen Machenschaften verstrickt ist. – Gehe ich recht in der Annahme?"

Linker spürte sein Erröten, was ihm unendlich peinlich war. Er war sich eine Weile unschlüssig, wie er reagieren sollte und machte dann ganz unwillkürlich eine resigniert wirkende Handbewegung.

„Ich hoffe, Sie werden mir verzeihen ...", begann er nach einem verlegenen Räuspern unter Reschkes aufmerksamem Blick schuldbewusst leise zu sprechen. „Ich hatte mich tatsächlich von Trebitz überreden lassen, dass ... Er hat es äußerst geschickt verstanden, mir aus den Dingen die man über Sie weiß und ... die man nicht weiß, Zweifel an Ihrer Aufrichtigkeit zu säen. Er hat mir klarzumachen versucht, dass Sie das Gespräch mit mir nur deswegen suchen, um mich ... auszuhorchen."

Ernst Reschke nickte befriedigt. „Gut, dass Sie so ehrlich sind, Herr Assessor. – Ich nehme es dem Trebitz gar nicht mal übel, dass meine Person ihm fragwürdig erscheint."

Reschke begann wieder langsam, die Hände auf dem Rücken, auf und ab zu gehen. Minuten des Schweigens verstrichen unter seinen Schritten. Der Assessor wartete, wenn auch etwas unangenehm berührt wegen des langen Schweigens. Er selbst wagte es aber nicht, das Gespräch erneut aufzunehmen. Es jetzt zu beenden, wo es doch zu diesem recht bedeutsamen Geständnis geführt hatte, hätte er als taktlos empfunden. So langte er sich eine dieser teuren Upmann-Zigarren aus der offenen Kiste und rauchte sie an. Eigentlich wollte er damit demonstrieren, dass er die Situation als nicht besonders bedeutsam betrachtete, doch er spürte beim Anreißen des Streichholzes ein leichtes Zittern seiner Hände.

„Das vielleicht ein wenig Fragwürdige an meiner Person ...", sagte der Alte plötzlich mit leisem Auflachen. „Die Leute wollen anscheinend, dass jeder gleich jedem seinen ganzen Lebenslauf erzählt, und wehe es bleibt irgendetwas verborgen! Zieht sich einer zurück, weil er sich mit der unvernünftigen Welt da draußen nicht gemein machen will, dann fallen die lieben Nächsten bald über ihn her, stempeln ihn zum Sonderling und dichten ihm alles Mögliche an. Wie lächerlich und wie hässlich das ist!"

Reschke hatte sich beinahe in eine aufkommende Erregung hineingeredet. Er besann sich kurz und sprach dann etwas ruhiger weiter. „Also ich werde daran nichts ändern! – In uns schlummert das Böse, in jedem von uns schlummert es. Und wenn er sich sonst nicht offenbart, dann wenigstens in rücksichtsloser, schamloser Neugier, hinter der sich recht oft die Hoffnung verbirgt, irgendetwas Schlechtes über diesen oder jenen zu erfahren. Oder haben Sie schon mal Leute erlebt, die neugierig waren, um Tugenden an anderen zu entdecken und zu verbreiten? – Aber genug davon. Ich sagte ja vorhin, für meinen Wunsch nach einer offenen Aussprache zwischen uns beiden hätte es einen Anlass gegeben: Trebitz Besuch bei der Winkler. Ich habe dadurch einfach erkannt, dass ich Ihnen mehr Klarheit über mich verschaffen muss, Herr Assessor. – Ich war früher Mittelschullehrer hier in der Stadt, kein Jüngling mehr, nein, so Mitte dreißig, als ich ein Mädchen kennenlernte, das sofort meine Seele entflammte. Ich drücke mich jetzt ganz bewusst so hochtrabend aus, denn es war tatsächlich so. Es war für mich Liebe auf den ersten Blick, die bald zu einer alles umfassenden Leidenschaft wurde. Bis dahin hatte ich das andere Geschlecht gemieden. Mein Beruf und nebenbei ein wenig Schriftstellerei füllten mein Dasein völlig aus. Ich war zufrieden gewesen; so etwas wie ein Lebenskünstler, der hoch über der Menge stand, weil er eben niemanden brauchte, um glücklich zu sein. – Das wurde mit einem Schlag anders. Malwine Gerting war ein zierliches Geschöpf mit einem Gesicht von stiller Schönheit. Ich warb um sie, ich glaubte auch die besten Aussichten zu haben, von ihr erhört zu werden, bis dann ... dieser ... dieser Andere hier in der Stadt auftauchte. Ich habe Ihnen den Ernst Kunath ja schon beschrieben. Die Weiber liefen ihm damals scharenweise nach. Gegen ihn kam ich mir wie eine Vogelscheuche vor. Ich geb das unumwunden zu. Malwine, die bis dahin eigentlich gern Zeit mit mir verbrachte, die mir gern zugehört hatte, wenn ich sie weiterzubilden versuchte und ihr Einblick verschaffte in die reichen Schätze eines vielseitigen Wissens ... nun ja ... Jedenfalls, sie hatte merkwürdigerweise wohl viel mehr Freude an dem belanglosen Geschwätz meines Widersachers. Ihr Blick klebte manchmal förmlich mit einem Ausdruck von völliger Selbstvergessenheit an seinem Gesicht, der mich in pure

Verzweiflung stürzte. Ich konnte es einfach nicht begreifen. Malwine war einfach zu schade für diesen ungehobelten Wüstling! Aber wie sollte ich ihre Sinne schärfen für all die inneren Mängel dieses ... Anderen? Würde sie mir überhaupt glauben, wenn ich sie vor ihm warnen würde? – Ich schwieg also dazu. Doch eines Tages konnte ich diesen ungeklärten Zustand unseres Verhältnisses nicht länger ertragen. So nahm ich all meinen Mut zusammen und erklärte ihr in wohlüberlegten und trefflich gesetzten Worten meine tiefe Liebe. Und obwohl ich derart heftiges Herzklopfen hatte, das meine Stimme dabei bebte, führte ich an, dass ihre Eltern mir anscheinend durchaus mit Wohlwollen begegneten, und dass ich zwar über kein besonders reichliches, doch über ein sicheres und auskömmliches Einkommen verfügte, welches ausreichend sei, uns beide ... und außerdem bestand ja noch die Hoffnung auf zusätzliche Einkünfte aus meiner Schriftstellerei ... Also, um es kurz zu machen: Sie wies mich ab. Sie ließ mich nicht einmal ausreden. Es war eine nahezu groteske Szene. Es war unsagbar bitter für mich, erkennen zu müssen, dass der teuflische Einfluss von diesem Kunath schon wie ein Gift auf sie gewirkt hatte. Unter Tränen offenbarte sie mir, was sie noch nicht einmal ihm gestanden hatte, nämlich dass sie ganz unsterblich in diesen Kerl verliebt sei, auch wenn er sie zuweilen durch sein ungehobeltes Benehmen abstoßen würde. Was mich betraf, habe sie schon seit längerem eingesehen, dass ich ihr stets nur als ein guter Freund gelten könnte, dass ihre Empfindungen für meinen Nebenbuhler völlig verschieden von denen gewesen seien, die sie bisher im Verkehr mit mir für den Beginn einer zärtlichen Neigung gehalten hatte. – Wir schieden im Frieden von einander; was sonst. Aber ich ging damals torkelnd und stolpernd heim wie ein Schwerkranker. In ihrer Gegenwart hatte ich mich ja noch einigermaßen zusammengenommen. Aber allein in meinen vier Wänden habe ich den Moment verflucht, wo ich sie kennengelernt hatte, habe das Schicksal, Gott und die ganze Welt verwünscht. – Ich litt an einem so schweren Kummer, dass ich ernsthaft krank wurde. Eines Tages brach ich während des Unterrichts vor meiner Schulklasse zusammen. Ein furchtbares Zittern hatte mich befallen, das einfach nicht aufhören wollte. Man schaffte mich ins Hospital. Die Ärzte meinten, es wäre eine Art von extremer Hysterie. Was auch immer die Bezeichnung dafür gewesen sein mochte; die Ursache meines körperlichen Zusammenbruchs war diese tiefe Enttäuschung, diese unglaubliche Verzweiflung und … ja … die Angst um Malwine, die an der Seite von diesem Grobian doch unweigerlich zugrunde gehen musste. Als ich mich nach drei Wochen endlich von meinem Krankenlager erheben konnte, war ich ein Greis geworden. Mein Haar war auf einmal schneeweiß. – Ich ließ mich pensionieren und die Sorge um Malwine, die danach bald Kunaths Frau geworden war, trieb mich in ihre Nähe, hier in dieses Haus, in dieses Zimmer. Ich wollte wie ein Schutzgeist über sie wachen, damit ihr nichts geschehe. Ich kam mit den verworrensten Plänen hierher, glaubte wohl eine Art heilige Mission zu erfüllen. Kurz gesagt, ich war damals wohl nicht ganz bei gesundem Verstand. Sonst hätte ich erkennen müssen, wie unsinnig dieser Entschluss war, mein Leben dieser Frau in stiller Wachsamkeit zu widmen, die einem anderen angehörte, die nur durch eine Balken- und Bretterschicht getrennt im selben Haus lebte. Malwine wusste bald, wer der weißbärtige Mann im ersten Stock war. Sie vermied es sorgfältig, mir zu begegnen. Ich habe lange Zeit auch nie den Versuch gemacht, sie anzusprechen. – In meiner Einsamkeit litt ich Folterqualen. Die Liebe hatte mein Herz noch genauso in ihrer Gewalt wie einst, als ich mich noch jung fühlte und meiner Geliebten von den Schönheiten altgriechischer Kunstdenkmäler, von dem Zauber der Gedichte altdeutscher Minnesänger und anderem erzählte … Zwei lange Jahre hat es gedauert, bis mein geschundenes Herz allmählich vollends zerbrach. Es starb wie eine Pflanze, der man Luft und Licht entzieht. Dann begannen sich diese seltsamen Dinge abzuspielen, über die ich Ihnen schon berichtet habe. Auch Ernst Kunath wusste natürlich, wer ich war, der einstige Bewerber um Malwines Hand, den er verdrängt hatte. – Er hasste mich. Er hatte mich bei einer heftigen Aussprache beschuldigt, durch meine Anwesenheit im Haus das Glück seiner Ehe untergraben zu wollen. Er versuchte, mir dieses Haus zu verleiden, hat mich belästigt und drangsaliert, wo er nur konnte. Ich blieb hier wohnen, und zwar aus Trotz, wie ich zugebe. Es war ein meist stummer Kampf zwischen uns. Seinen Kindern impfte er frühzeitig Abneigung und Verachtung für mich ein. Er hatte gemerkt, dass ich besonders Hildegard mochte, dass ich ihr immer wieder mal kleinere Geschenke zusteckte ... Ihm gelang es aber schließlich doch, die Kinder so vollständig gegen mich einzunehmen, dass sie mich nicht einmal mehr grüßten. – Die Jahre gingen hin. Ich lag eigentlich hier oben wie ein Fuchs in seinem Bau beständig auf der Lauer, wartete auf den Augenblick, wo ich das Geheimnis der nächtlichen Kahnfahrten aufdecken und Ernst Kunath an den Pranger stellen könnte. Aber er war viel zu schlau – oder ich war vielleicht auch zu ungeschickt für eine solche detektivische Aufgabe. Ja, und dann starb er ganz plötzlich, während ich mit einer schweren Lungenentzündung im Hospital lag, wie Sie ja bereits wissen. – Kaum hatte ich von seinem Tod erfahren, als ich eine neue Aufgabe vor mir sah. Ich wollte Malwine als treuer Freund helfen, die Kinder zu brauchbaren Menschen zu erziehen, und wollte sie auch nach Kräften unterstützen. Ich erzählte Ihnen ja schon, wie kurz ich an der Tür von Hildegard bei meinem Beileidsbesuch abgefertigt wurde ... ‚Mutter lässt Ihnen sagen, dass sie keinen Verkehr mit Ihnen wünscht. Mein Bruder und ich wissen sehr gut, dass Sie die Hauptschuld an der unglücklichen Ehe meiner Eltern tragen. Unser Vater hat uns die ganze Sache erklärt, und wir haben der Mutter gesagt, dass wir sie sofort verlassen würden, falls sie Ihnen den Zutritt zu unserer Wohnung gestattet.' – So etwa sprach Hildegard zu mir, und ich fühlte deutlich, wie der verderbliche Einfluss des Verstorbenen wirkte. Monat reihte sich nun wieder an Monat. Die Verhältnisse, in denen Malwine als Witwe zurückgeblieben war, mussten recht dürftig sein. Ich erkannte das an vielem. Man erzählte in der Nachbarschaft, Kunath hätte große Schulden hinterlassen, die die drei Hinterbliebenen nun abzahlen müssten. Bis jetzt kam es nur zu einer einzigen kurzen Begegnung mit Malwine. Ein einziges Mal haben wir uns nach all den Jahren flüchtig gesprochen, vor einer Woche, kurz bevor ich über Mittag zu Ihnen kam. – Malwine öffnete mir die Flurtür. Ich streckte ihr die Hand hin. Sie wich zurück und flüsterte ganz ängstlich: ‚Die Kinder …!' Und sie sagte noch: ‚Wenn Sie es gut mit mir meinen, Ernst Reschke, dann ziehen Sie fort von hier.' Inzwischen war ja dann auch der Spuk des alten Mühlenhauses wiedererwacht. Es schien, als wäre die Vergangenheit, die Zeit Ernst Kunaths, wieder lebendig geworden. – Nächtliche Kahnfahrten auf dem Kanal hin und her, Geräusche in den Mauern, dumpfes Poltern, Erschütterungen des Hauses, alles wie früher zu seinen Lebzeiten. Es fehlen nur die lauten Angstschreie der armen Frau, die jetzt eine Witwe ist. – Ich lernte Sie kennen, Herr Assessor, und wir wurden … Verbündete, wenn ich so sagen darf. Trebitz wurde gewonnen, der seine Tätigkeit freilich mit einem groben Versehen begann. Denn das, was ich Ihnen eben berichtet habe, ist die volle Wahrheit. Ich stehe in keinen anderen Beziehungen zu den Kunaths als denen, die ich Ihnen geschildert habe. So, das war meine Beichte. Nun wissen Sie, weshalb ich mich selbst mit einem alten Zylinderhut vergleiche, der jetzt unbeachtet im Straßengraben liegt. Gerade der Zylinder ist ja der König unter den Kopfbedeckungen. Der spielt immer eine besondere Rolle; er will hoch hinaus, kommt sich wichtig vor, aber dann … Tja, all das trifft auch auf mich zu. Als ich Malwine damals kennenlernte, winkte mir in doppelter Beziehung das Glück; die Liebe und der Ruhm. Ich hatte einen großen Roman beendet, hatte ihn zur Begutachtung einem Berliner Schriftsteller vorgelegt, der zugleich ein sehr angesehener Kritiker war. Er schrieb mir, er würde das Werk bei einem bekannten Verlag mit Leichtigkeit unterbringen; es sei gut, es würde mich mit einem Schlage berühmt machen. Am Nachmittag desselben Tages, da ich diese Antwort von ihm erhielt, wies das Schicksal mir mit höhnischem Finger den Weg von der eben erklommenen Höhe talabwärts in finstere Schluchten: die Geliebte ging mir für immer verloren, lehnte meinen Antrag ab, sagte mir, dass sie den anderen lieben würde … Der stolze Zylinder erhielt einen Fußtritt und rollte in den Graben. – Ich habe meinen Roman zurückgefordert, habe auf den Ruhm verzichtet. Von meinen Glücksaussichten war die eine in Scherben gegangen.

Und die zweite zerstörte ich selbst. Was sollte sie mir noch? Ohne die Frau, die ich bis zum Wahnsinn liebte, hatte nichts mehr für mich irgendeinen Wert. – So wurde ich also ein einfacher Abschreiber, ein einsamer Sonderling. – Ein Menschenschicksal hat sich soeben vor Ihren Augen wie ein Film abgerollt, Herr Assessor. Es fehlt von dem Drama nur noch der letzte Akt. Den müssen wir erst noch dichten, wir drei, Trebitz miteingeschlossen. Das ist der Akt, der die Lösung der Rätsel offenbaren soll."

Ernst Reschke war ans Fenster getreten und schaute auf den Kanal hinab, auf dem entlang eben ein mit Brettern tiefbeladener Prahm von einem winzigen Motorboot geschleppt wurde. Und der weißhaarige Mann fügte leise hinzu: „Wenn der gelbbraune Kanal uns seine Geheimnisse verraten wollte, könnten wir den Akt gleich zu Ende schreiben. Aber vielleicht wäre es auch besser, wenn alles so bleibt wie es ist. Ich bin der Hildegard zugetan wie meinem eigenen Kind ... Und wenn ich erfahren würde, dass sie ihrem Vater auch im Charakter gleicht, dann hätte das Leben überhaupt keinen Wert mehr für mich."

Karl Linker stand auf und legte Reschke leicht die Hand auf die Schulter. „Lieber Freund, ich glaube, dass alles, was sich hier in diesem Haus im Dunkeln abspielt, eine verständliche Erklärung finden wird. Ich hoffe es inständig. Ich halte Hildegard ja eigentlich auch nicht für fähig, irgendwelche üblen Dinge ... Wer weiß, was da alles mitspielt, um sie in einem so widerspruchsvollen Licht erscheinen zu lassen?"

Linker verabschiedete sich, nachdem er sich mit Reschke für den nächsten Nachmittag zu einer gemeinsamen Besprechung mit Trebitz im Anwaltsbüro in der Langgasse verabredet hatte.

Verzweiflung

Als der Assessor sein Zimmer wieder betrat, bemerkte er zu seinem Schreck, dass er den Brief seiner Mutter offen auf dem Schreibtisch hatte liegen lassen. Sein erster Gedanke war: ‚Wenn Hildegard ihn gelesen hat …! Ja, wenn sie nur, ohne ihn anzurühren, einen flüchtigen Blick darauf geworfen hat, wo sie so geradeheraus als verworfenes Geschöpf bezeichnet wird …!' Die strengen Vorwürfe seiner Mutter waren ihm plötzlich unendlich peinlich; wie er mit „einer solchen" unter einem Dach wohnen könnte … Du lieber Gott!

Am liebsten wäre er jetzt hinübergegangen zu Hildes Zimmer, um mit ihr rundheraus über alle diese geheimnisvollen Dinge zu reden. Doch es durfte nicht sein. Es „schickte" sich nicht, dass er zu ihr ging in ihr Mädchenstübchen, in das er nur einmal vom Flur einen flüchtigen Blick hatte hineinwerfen können, als die Tür einen Spalt offenstand. Da war ihm die Dürftigkeit der Einrichtung geradezu schmerzlich aufgefallen. Das war mehr eine Klosterzelle als das Heim eines jungen Mädchens. Wandschmuck fehlte ganz. Alles kahl, alles an Nippsachen und Bildern schien Linkers Zimmer an sich gerissen zu haben.

Dann packte ihn plötzlich eine stille Wut gegen seine kaltherzige, beschränkte Schwiegermutter. Sie allein war schuld daran, dass Lotte diesen unsäglichen Brief geschrieben und jetzt auch seine eigene Mutter schleunigst zur Feder gegriffen hatte, um zu verhüten, dass seine „glänzende Partie" in die Brüche ging. „Glänzende Partie …!" Er lachte bitter auf. – Wirklich glänzend! Auf weit mehr als eine Million schätzte man landläufig den Lebemann Harrich ein. Für seine offensichtlichen Seitensprünge gab der Unmengen Geld aus. Für seinen Schwiegersohn hatte er allerdings nichts übrig. Von einem Hochzeitstermin war auch noch keine Rede. Erst sollte sich der Herr Assessor mal mit diesem Mendel erfolgreich zur gemeinsamen Praxis zusammengetan haben. Bis dahin sieh zu, wie du durchkommst mit zweihundertfünfzig Mark monatlich und den Studienschulden, die ja auch noch abgezahlt werden mussten. ‚Aber – bitte sehr – tritt nach außen hin immer hübsch anständig auf! Du bist ja unser Schwiegersohn, und wir, Mutter und Tochter, tragen stets für dreißigtausend Mark Brillanten und sonstige Klunker zur Schau und Kleider, denen jeder ansieht, dass sie erstklassig, teuer und erbärmlich geschmacklos sind', so dachte Linker jetzt. ‚Glänzende Partie! Der reine Hohn! Und daneben noch diese plebejische Art, den armen Herrn Schwiegersohn bevormunden zu wollen!'

Linker sah auf die Uhr. Erst drei! Das passte ja großartig. Für einen Brief an die werte Schwiegermutter reichte die Zeit noch gerade hin, bevor er ins Büro musste. Er war jetzt in der richtigen Stimmung. Mochte die Verlobung doch zerplatzen wie eine trügerische Seifenblase, die außen so schöne Bilder widerspiegelt und innen nur aus Luft besteht! Und Lotte ...? – Ebenso gut hätte er jede andere erwählen können. Damals, Silvester in der Sektstimmung hätte er auch einem Reisigbesen einen Antrag gemacht ...

Er setzte sich an den Schreibtisch. Und dann flog die Feder über das Papier. „Liebe Schwiegermama! Lottes Brief habe ich heute zugleich mit einem inhaltlich ziemlich gleich lautenden Schreiben meiner Mutter erhalten. Da Lotte selbst zugibt, dass ihr Brief weniger aus eigenem Antrieb entstanden ist, wende ich mich mit der Antwort an Sie direkt. Die Annahme, dass ich absichtlich das Vorhandensein einer erwachsenen Tochter der Frau Kunath in meinen Briefen verschwiegen habe, trifft zu. Wenn man aber wie ich stundenlang auf Wohnungssuche treppauf treppab gelaufen ist und sich einem dann endlich etwas Passendes bietet, denkt man nicht daran, dass es in der Heimat misstrauische Naturen gibt, die hinter jeder Wirtstochter gleich eine Verführerin vermuten. Was nun den Vorschlag mit dem Umzug zu Fräulein Gründling anbetrifft, der von Ihnen ‚dringend' gewünscht wird, so fasse ich diesen lediglich als eine augenblickliche Entgleisung, ein momentanes Verkennen meiner Selbstständigkeit auf und gehe darüber ohne weitere Details zur Tagesordnung über, möchte dazu nur bemerken, dass mich meine brave Frau Kunath so vorzüglich versorgt, wie ich dies so leicht nicht wieder finden werde. Zum Schluss noch eine allgemeine Lebensweisheit: Niemand, der lediglich von Fräulein Gründling auf Grund von Nachbarklatsch über einen Menschen unterrichtet ist, sollte sich leichtfertig zu einem so abwertenden Urteil herablassen, wie es in dem Ausdruck ‚verworfenes Geschöpf' liegt, der nebenbei bemerkt strafrechtlich eine Beleidigung darstellt. Je vornehmer ein Charakter, desto zurückhaltender wird er in derlei Meinungsäußerungen sein, was gerade Sie, verehrte Schwiegermama, ohne weiteres anerkennen werden, da es ja stets Ihr Bestreben ist, es den Besten und Edelsten der Nation gleichzutun. – Ich bin überzeugt, dass Sie bei ruhiger Überlegung die Dinge hier mit anderen Augen ansehen werden. Fräulein Gründling werde ich als Lottes Patentante umso lieber einen Besuch machen, als ich sie fragen möchte, welchem Auskunftsbüro sie diese für eine junge Dame so niederschmetternden Angaben, deren Extrakt ‚verworfenes Geschöpf' ist, verdankt, und um sie gleichzeitig freundschaftlich zu warnen, ihre Zunge – besser Feder – mehr zu hüten, da ihr der Wahrheitsbeweis all der Verdächtigungen der Ehre eines jungen Mädchens sehr schwerfallen dürfte. – An Lotte schreibe ich in den nächsten Tagen, da ich momentan mit Arbeit mehr als überhäuft bin. Verbleibe mit Gruß Ihr Schwiegersohn Karl." Dieser Brief fiel zehn Minuten später in den Kasten.

Abends gegen achtzehn Uhr machte Karl Linker einen Umweg, als er vom Büro nach Hause ging, weil die Luft so wunderbar mild war. Leubeneck schien irgendwie eine merkwürdige Vorliebe für das Wort „lang" zu haben. Da gab es eine Langgasse und einen Langenmarkt, eine Langereihe, einen Vorort Langfuhr und viele Gassen, deren Namen ebenfalls zumindest teilweise mit „lang" bezeichnet waren. Auch der Nordkai des Innenhafens hieß Langebrücke. Und diese gehorte fraglos mit zu den eigenartigsten hiesigen Sehenswürdigkeiten. Hier fand man hohe, schmale Häuser mit seltsamen Dächern, altertümliche Tore, die gleichzeitig Hebekranvorrichtungen hatten, verwitterte Schifferkneipen, dem Verfall nahe Budiken, in denen Spielhallen und Weinrestaurants mit Damenbedienung untergebracht waren. Auch das Stammpublikum der Langebrücke war interessant genug. Matrosen aus aller Herren Länder, Seefischer von der Küste, galizische Kaftanjuden, Flissacken in ihren Schafpelzen und mit Weichselzöpfen, fragwürdige Weiblichkeit und Gassenjungen in ganzen Rudeln, all das wogte und quirlte geschäftig, genusshungrig, halb trunken oder in fauler Behaglichkeit durcheinander.

Karl Linker liebte die Langebrücke. Er sah in ihr das charakteristische Straßenbild der Seestadt, zumal dicht daneben sich das breite Areal des Hafens hinzog mit den nicht minder abwechslungsreichen Szenen regen Schiffs- und Bootsverkehrs. So war er auch heute hier gemächlich entlanggebummelt, war hin und wieder stehen geblieben und hatte geradezu mit den Augen eines Poeten die bunten Bilder in sich aufgenommen.

Am Krantor hatte ihn dann mit einem Mal ein alkoholseliger alter Matrose angerempelt, erst Miene gemacht, mit ihm Streit anzufangen, dann aber um Feuer für seine Pfeife gebeten. Das raue Schnapsorgan des graubärtigen Jan Maat ändere sich plötzlich. Es war Paul Trebitz' Stimme, die dem Assessor schnell zuflüsterte: „Achtung! Am Schaufenster von diesem Zigarrenladen, da steht Hildegard Kunath. Sie wartet auf James Look. Er ist im Laden drin."

Dann taumelte der Matrose weiter. Linker aber suchte hinter einem Stapel von Fässern Deckung und beobachtete das junge Mädchen. Bald erschien auch Look, der eine frisch angezündete Zigarre in der Hand hatte. Die beiden gingen gemeinsam weiter, bogen in das Krantor ein und durchwanderten eine schmale Gasse, in der es recht abscheulich nach verdorbenem Fisch roch.

Hildegard und James Look sprachen recht angeregt miteinander. Doch nicht so, als tauschten sie zärtliche Worte aus. Nein, Linker schien es so, als würden die beiden sehr ernsthafte Angelegenheiten bereden. Sie schwenkten nun in die Breitgasse ein, und hier verschwand James Look in einem Geschäft für chirurgische Instrumentarien. Bald kam er mit einem Karton wieder heraus, den er Hildegard übergab. Darauf verabschiedete er sich, und Hildegard schlug zügig mit dem Karton im Arm allein die Richtung zur Großen Mühle ein. Abermals tauchte jetzt der angetrunkene Matrose neben Linker auf.

„Passen Sie in dieser Nacht gut auf!", flüsterte er. „Ich wette, das Ruderboot wird wieder erscheinen. Die beiden haben was Besonderes vor."

Der Assessor ging weiter in angemessener Entfernung hinter dem jungen Mädchen her. Hildegard schien nicht im Geringsten zu befürchten, dass sie beobachtet werden könnte, als würde sie einen völlig harmlosen Einkauf nach Hause schaffen. Sie hatte sich nicht ein einziges Mal umgeschaut, ebenso wenig hatte das vorher James Look getan. Keiner von beiden hatte den Eindruck eines schlechten Gewissens vermittelt. Linker glaubte daher auch, Hildegard ansprechen zu dürfen, ohne den Verdacht zu erregen, dass er schon längere Zeit hinter ihr wäre. Er beschleunigte seine Schritte.

„Ah, also sind Sie's wirklich, Fräulein Hildegard", sagte er, als er neben ihr war. „Guten Abend. – Auch auf dem Heimweg?"

Er streckte ihr die Hand hin. Aber sie legte nur matt einen Augenblick ihre behandschuhten Finger in die seinen, ohne Gegendruck. Sie lächelte etwas gezwungen, als sie knapp sagte: „Ja, Herr Assessor, auf dem Heimweg."

‚Was für ein merkwürdiges Lächeln', dachte Linker. Hildegard ließ ihn dann gar nicht zu Wort kommen. Jetzt schien sie einer unechten Fröhlichkeit Ausdruck geben zu wollen, als sie fortfuhr: „Ach, ich freue mich schon auf das Abendessen, Herr Assessor. Meine Mutter hat heute Kartoffelpuffer in Bereitschaft, mögen Sie die auch gern? Ich werde jedenfalls für drei essen. Diese laue Luft macht mich hungrig – auf alles!"

Ein girrendes Kichern folgte, das sich wohl auf dieses vieldeutige „alles" bezog. Linker fühlte sich auf einmal unbehaglich. Was war nur in Hildegard gefahren? Er kannte sie gar nicht wieder.

„Haben Sie nicht auch Hunger, Herr Assessor? Oder wirkt der Frühling bei Ihnen anders? – Sie sind ja so stumm! Seien Sie doch vergnügt. Sie können sich's doch erlauben: verliebt, verlobt und angehender Geschäftspartner von Rechtsanwalt Mendel. – Was wollen Sie mehr?"

Sie hielt den Karton an seinem Band und schlenderte damit übermütig hin und her. Linker wollte ihn ihr abnehmen, aber sie dankte.

„Oh nein, da sind Geheimnisse drin! Große Geheimnisse, die ich nicht aus den Händen gebe!"

Wieder das merkwürdige Kichern. – Linker konnte sich nur wundern. Ihm fiel nichts weiter ein, als: „Sie sind ja heute irgendwie so anders, so ..."

Er wusste nicht, wie er sich ausdrücken sollte. Hildegard vollendete kichernd seinen Satz: „... so recht eine, die jetzt erst ganz in diese schöne Welt hineinpasst."

Sie lächelte ihn offen an. „Ja, staunen Sie nur. Das Kopfhängenlassen hab ich mir heute einfach mal abgewöhnt. Wozu soll ich ständig einen Ballast von Bedenken mit mir herumschleppen? Unsinn! – ,Lustig gelebt und selig gestorben, wenn auch vielleicht hinterm Zaun verdorben. Es ist ja doch alles nur Lüge und Schein, wozu soll man da eine Ausnahme sein ...?'"

Sie hatte die letzten Sätze vor sich hin geträllert, diesen Coupletvers aus einer recht bekannten Bühnenposse, die gerade auch im hiesigen Stadttheater lief. Linker blieb unvermittelt stehen. Sie befanden sich gerade allein mitten auf dem Kirchenplatz von St. Katharinen. Sie wandte sich fragend nach ihm um. Er schaute sie prüfend an.

„Nein, das meinen Sie nicht wirklich so, Fräulein Hildegard", sagte er. „Weshalb tun Sie so, als ob Sie der holde Leichtsinn in Persona wären? In Wahrheit sind sie doch eher ein ... schwerblütiger Mensch wie ..."

Er schwieg plötzlich. Ihm war etwas eingefallen: Der Brief auf seinem Schreibtisch, darin der abscheuliche Ausdruck „verworfenes Geschöpf" ... Sollte es etwa nur eine traurige Art Galgenhumor sein, die aus ihr sprach, vielleicht ein Gemisch von Demütigung, Verzweiflung und Trotz? Hatte Sie den Brief etwa doch gelesen? Wenn ja, muss es sie sehr getroffen haben ... Er schaute ratlos an ihr vorbei. Er kam sich schuldbewusst vor. Seine Mutter hatte ja diesen Brief geschrieben.

„Reden Sie doch weiter!", forderte sie plötzlich mit überlegenem Spott. „Was hat Ihnen denn so plötzlich die Sprache verschlagen? Und lassen Sie uns bitte weitergehen. Mutters Kartoffelpuffer werden kalt ... Dann schmecken sie mir nicht. Ich mag nur heiße Sachen, alles, was Feuer gesehen hat ..."

Er sagte darauf nichts, weil er nichts zu sagen wusste. Es tat ihm unendlich leid. Konnte er denn wissen, wie es in ihrer Seele aussah? Sie war eine Sphinx, aber in ihr mochte wohl auch ein guter Kern schlummern, den sie heute absichtlich mehr denn je verleugnete. Sie gingen schweigend nebeneinander her. Erst vor dem alten Mühlenhaus fand er ein paar Worte, die ihm nicht allzu unangebracht erschienen.

„Fräulein Hildegard, ich wünschte, Sie würden mir etwas mehr vertrauen. Ich wäre wirklich gern ein aufrichtiger Freund für Sie. Ich glaube, dass Sie in Wirklichkeit leiden. Und ihre Fröhlichkeit ist nur vorgetäuscht. Vielleicht könnten wir…?"

„Davon halte ich nichts", unterbrach sie ihn in gänzlich verändertem Ton, schroff und kalt. Dann eilte sie durch die von Linker geöffnete Tür ins Haus und verschwand in ihrem Zimmer, nachdem sie ihm noch förmlich „einen schönen Abend" gewünscht hatte.

Dem Assessor hatten die köstlichen Kartoffelpuffer nicht geschmeckt, die ihm heute von der recht verschlossen wirkenden Frau Kunath serviert wurden. Er wurde die Gedanken an Hildegard einfach nicht los. Er stellte sich vor, wie sie sich über den offen auf dem Schreibtisch liegenden Brief gebeugt hatte … Und als sie die Worte „verworfenes Geschöpf" las, wie mochte es ihre Seele getroffen haben? Als ihre Augen sich festbohrten an diesen zwei vernichtenden Worten, die da auf sie gemünzt waren …

Linker setzte sich an den Schreibtisch. Die Arbeit sollte ihm helfen, über dieses sich stetig im Kreis bewegende Denken hinwegzukommen. Diese Arbeit … Es war die Revisionsschrift in Sachen Pößnick und Genossen. Trebitz hatte hier viel geleistet, hatte genug Beweismaterial beschafft, dass der große Unbekannte, dieser Pole Marzkiewiak, tatsächlich ein Wesen aus Fleisch und Blut war. Mithin musste der Prozess nun wirklich neu verhandelt werden. Einen besseren Revisionsgrund als den Antrag, dass dieser Marzkiewiak als Zeuge vernommen werden müsse, gab es nicht.

Allmählich vergaß Linker über seiner Arbeit Hildegard und alles andere. Seine Feder flog über das Papier hin … Er wollte den Herren Richtern schon zeigen, wie man einen solchen Antrag nicht nur sachlich, sondern auch recht interessant und spannend gestalten kann. Und so arbeitete er konzentriert bis in den späten Abend ...

Mutter Gundlach

Er legte die Feder hin und gähnte verhalten. Soeben hatte es vom Turm von St. Katharinen elf geschlagen. Nein, müde werden durfte er nicht. Trebitz hatte ihm ja zu verstehen gegeben: „Die beiden planen etwas Besonderes ..."

Er stand auf, holte sich eine Tasse Tee, die er sich am Esstisch eingeschenkt hatte, wo das Kännchen unter einem Kaffeewärmer stand. Gedankenvoll rührte er mit dem Löffel den in die Tasse ge-schütteten Zucker um. Es würde vielleicht eine aufregende Nacht werden. Wenn er doch daran gedacht hätte, Reschke noch zu ver-ständigen! Der lief oben schon wieder wie ein alter Bär im Käfig in seinem Zimmer herum. Stehend trank er die Tasse zur Hälfte aus, zündete sich dann eine neue Zigarre an und setzte sich wieder. – Viel zu schreiben hatte er nicht mehr. Er las den langen Schriftsatz nochmals durch, war zufrieden ... Wieder kam ihn das Gähnen an. Das machte wohl die schwere Frühjahrsluft. Er war wirklich müde. Mit einiger Anstrengung brachte er auch die letzte Seite fertig. Der allerletzte Punkt war gesetzt. Er lehnte sich in den Schreibtischsessel zurück und löffelte den Zuckerbodensatz aus der Tasse ...

Eine bleierne Mattigkeit machte ihm jede Bewegung zu einer Kraftanstrengung. Und er wollte nun gerade die Tasse auf die Untertasse zurückstellen, als er erschreckt zusammenfuhr. Das linke Fenster stand plötzlich weit offen! Der Vorhang war jedoch auch hier vorgezogen und bewegte sich ... Und von diesem Fenster her hatte eine gepresste Stimme geflüstert: „Drehen Sie das Licht run-ter! Ich bin's, Trebitz!"

Der Assessor fasste sich schnell und verdunkelte das Zimmer. Lautlos schwang sich nun der Beamte hinein, der noch immer als alter Matrose verkleidet war. Er setzte sich in den nächsten Sessel, wo er sich ganz tief zusammenduckte.

„Bedecken Sie das Türschloss mit dem Taschentuch", befahl er weiter. „Aber treten Sie leise auf."

Linker gehorchte.

„So, nun eine Frage", sprach Trebitz weiter. „Haben Sie schon von dem Tee getrunken?"

Der Assessor blickte erstaunt in das Halbdunkel hinein, wo der Kopf des Beamten wie ein heller Fleck sichtbar war.

„Ja", antwortete er zögernd. „Aber was …?"

„Mit oder ohne Zucker?", unterbrach ihn Trebitz.

„Mit …"

„Dann bin ich leider doch zu spät gekommen", flüsterte der Beamte. „Sie sind wohl ziemlich müde, nicht wahr?"

Linker saß wieder am Schreibtisch und nickte schwerfällig. „Sehr müde …"

Er gähnte wieder. Die Augenlider waren ihm bereits wie Zentnergewichte … Dann raffte er sich doch noch zu der Frage auf: „Zu spät gekommen? Was heißt das?"

„Ich habe den Architekten Gülden gesprochen, der hier vor Ihnen gewohnt hat. Ich bin jetzt überzeugt, dass sowohl Gülden als auch Sie durch ein Schlafmittel betäubt worden sind; er anscheinend sehr oft. Sie auch schon einmal vor ein paar Tagen und dann heute wieder, wenn mich nicht alles täuscht. Und wenn ich Sie so anschaue, dann täusche ich mich nicht."

Linker hörte zwar alles, was Trebitz sagte, aber es fehlte ihm irgendwie die Energie, sich zu wundern oder sonst eine Empfindung zu äußern. Dann flüsterte Trebitz: „Schade, dass Sie in kurzer Zeit für heute Nacht wohl nicht mehr wach zu halten sein werden. Hüten Sie sich vor diesem Streuzucker! Ich werde eine Probe davon mitnehmen und sie analysieren lassen."

Linker murmelte: „Bitte, bedienen Sie sich. Ich bin …"

Der Kopf war ihm auf die Brust gefallen, sein Körper sank haltlos zusammen. Er war einfach so im Sitzen eingeschlafen. Trebitz griff ihn unter die Arme und schleppte ihn zum Bett, wo er ihm den Hemdkragen öffnete und ihn mit einer Decke einhüllte. Dann entfernte er das Taschentuch vom Türschloss, löschte die Lampe ganz aus und kletterte zum Fenster hinaus in ein kleines Boot, in dem noch zwei Gestalten saßen, zwei halbwüchsige Burschen, die der Beamte für eine kleine Entlohnung gelegentlich stundenweise beschäftigte und die an ihm mit einer seltsamen Treue hingen. Das Boot stieß von der Mauer ab und entfernte sich, wobei es mit der Dunkelheit verschmolz.

Die Nacht war dunkel, und der Himmel seit einer Viertelstunde dicht bedeckt. Es schien ein Gewitter aufzuziehen. Kein Luftzug regte sich, und es war drückend schwül. Über dem Kanal lagerte eine Finsternis, wie sie kaum tiefer sein konnte. Das kleine Boot war darin verschwunden wie ein Fisch, den ein riesiger Rachen verschluckt. Doch gleich an der jenseitigen Ufermauer legte das kleine Fahrzeug wieder an. Einer der Burschen befestigte es nun mit einem Tau am Eisengeländer der Mauer. Paul Trebitz war spürbar schlechter Laune.

„Heute können wir nichts mehr unternehmen", sagte er zu seinen jungen Gefährten. „Der Assessor muss dabei sein, wenn wir den großen Fang wagen wollen. Wir können jetzt nur noch still beobachten."

In der Ferne grollte es dumpf. Das Gewitter zog herauf. Ein Windstoß meldete den Regen an, und bald prasselte es nur so von herabstürzenden Wassermassen. Blitze durchfurchten die Finsternis. Aber das kleine Boot gab trotzdem seinen Anlegeplatz nicht auf. Trebitz versprach jedem der Burschen eine besondere Belohnung, wenn sie mit ihm zusammen ausharrten. Was machte es denen auch, dass sie bis auf die Haut nass wurden? – Von St. Katharinen schlug es Mitternacht. Das war so ungefähr die Zeit, wo für gewöhnlich das rätselhafte Ruderboot zu erscheinen pflegte. Der Regen ließ ganz allmählich nach und das Gewitter zog im Bogen um die Stadt herum, aufgehalten von dem breiten Strom, der den mit Elektrizität geladenen Wolkenschichten auch heute ein Hindernis war. Die greifbare Finsternis über dem Kanal ging jetzt in eine ungewisse Dämmerung über. Man konnte jetzt drüben die Häuserfront wieder erkennen, und einige Minuten später einen Nachen, in dem zwei Leute hockten.

Das alte Spiel wiederholte sich. Die Beiden banden das Boot an den Kellergittern fest und kletterten in Hildegards Fenster hinein. Trebitz war wütend auf sich selbst. Warum musste er auch gerade zu spät kommen, so dass Linker bereits den Tee getrunken hatte! Hätte er sich doch nur etwas mehr beeilt! Eine Viertelstunde früher, und alles wäre gut gewesen! So aber musste er diese günstige Gelegenheit ungenutzt verstreichen lassen …

Ob er nicht versuchen könnte, wenigstens etwas näher an das Geschehen heranzukommen? Mit aller gebotenen Vorsicht? – Wer nicht wagt, der nicht gewinnt … Und leise gab er den beiden Burschen die nötigen Anweisungen. Das kleine Boot glitt schnell und fast lautlos quer über den Kanal auf den Nachen zu. Trebitz stieg zunächst in diesen über und richtete sich nun zu voller Größe auf. Der eine Fensterflügel über seinem Kopf stand offen. Geschickt schwang sich der verkleidete Beamte auf den Fenstersims. Hildegards Zimmer war leer, wie Trebitz schnell feststellte. Und seine elektrische Taschenlampe zeigte ihm dann weiter, dass die Stubentür von innen verschlossen und verriegelt war; von innen …! Der weiße Lichtkegel aus der Hand des Beamten zuckte wieder auf, glitt über die Holztäfelung der Wände hin, über all diese Kahlheit und klösterliche Schmucklosigkeit dieses traurigen Mädchenzimmers … Die Holztäfelung war hier in kurzen Zwischenräumen in erhabene, geschnitzte Felder abgeteilt. Diese hatten die Form länglicher Rechtecke, zeigten einfache, vielfach beschädigte Schnitzereien und hätten trotzdem wohl noch manchen Altertumsfreund begeistert. Hierfür hatte Paul Trebitz im Moment allerdings kein rechtes Verständnis. Wenn er jetzt wie gebannt auf eines dieser Rechtecke der Täfelung zwischen dem Fenster und dem an der linken Innenwand stehenden Ofen starrte, hatte das einen anderen Grund. Er hatte soeben entdeckt, wonach er gesucht hatte. Die von innen verschlossene Tür und das leere Zimmer hatten ihn auf einen zweiten geheimen Ausgang schließen lassen. Und dieser Ausgang war jenes Feld der Täfelung, das eine Tür in sich verbarg, die einen Spaltbreit offen stand …

Trebitz horchte hinein in das Dunkel, das geheimnisvoll hinter der schmalen Tür lauerte. Nichts von Stimmen oder sonstigen Geräuschen war zu vernehmen. Nun erst wagte er, in die Öffnung der dicken Quartermauer hineinzuleuchten. Eine steile, enge Steintreppe führte hier schräg in einem von Moderluft erfüllten Tunnel abwärts. Der Beamte pfiff leise durch die Zähne. ,Also doch!', dachte er. ,Etwas Ähnliches hatte ich eigentlich erwartet'. Unschlüssig stand er noch da, ob er nicht die Treppe wenigstens ein Stück hinabsteigen sollte, als leise an die Stubentür geklopft wurde. Und jetzt hörte er auch eine unterdrückte Stimme, die mahnend rief: „Hilde! Lass mich rein! Ich hab' Angst!"

Das konnte nur die kleine, verschüchterte Frau Kunath sein. Abermals pochte sie, kräftiger diesmal, rief nochmals mit Nachdruck: „Hildegard!"

Als sie keine Antwort erhielt, hörte Trebitz sie deutlich heftig aufseufzen. Dann nichts mehr. Sie musste sich wohl wieder entfernt haben.

Trebitz verließ nun schleunigst den unfreundlichen Raum. Er wusste genug fürs erste. So war denn diese Nacht doch nicht ganz ergebnislos verlaufen. Als er gerade aus dem Nachen in das eigene Boot zurückstieg, hörte er über sich ein leises „Pssst!" Überrascht spähte er nach oben. Ernst Reschke beugte sich zum Fenster hinaus und fragte: „Sind Sie das, Herr Trebitz?"

„Ja! Gut, dass Sie da sind! Hören Sie, passen Sie genau auf, wann die Leute wieder wegrudern!"

Dann zog das Boot davon, vorüber an St. Katharinen mit dem mächtigen Turm, vorüber an Warenspeichern und Holzlagern, an freien Plätzen, Wiesen und Prähmen und Leichterschiffen, die hier an den Kanalufern festgemacht hatten. Die Wasserstraße mündete in den breiten Graben, der vom Hafen abzweigend an der Schifferkneipe der Witwe Gundlach vorbeilief. Hier stieg Trebitz aus, nachdem er die beiden jungen Burschen entlohnt hatte.

„Und dass Ihr mir ja den Mund haltet, verstanden?!", mahnte er noch. „Ihr wisst, was ihr auf dem Kerbholz habt, und ich weiß es auch …"

Er umschritt das Gundlachsche Anwesen in einem weiten Bogen und betrat die Kneipe durch den Vordereingang, indem er wieder den leicht angetrunkenen alten Matrosen spielte, der gegen acht Uhr abends schon den Assessor auf der Langebrücke angerempelt hatte. In dem vorderen Schankraum war die Luft vom Tabakrauch zum Zerschneiden dick. In einer Ecke saß eine größere Anzahl englischer Matrosen von einem im Hafen liegenden Dreimaster. Einer der Leute spielte auf einer Ziehharmonika eine wehmütige Melodie, die einige der Seeleute mitsummten.

Trebitz, beide Hände in den Taschen der durchnässten, blauen, schäbigen Jacke, steuerte unsicher auf den Schanktisch zu, hinter dem Mutter Gundlach auf einem hohen Schemel thronte. Bei der Bedienung ihrer Gäste wurde sie durch ein hinkendes Faktotum unterstützt; ein schmächtiges Männchen mit zottelig-schütterem Grauhaar, das hier Kellner und Hausknecht war. Trebitz lehnte sich der Gundlach gegenüber auf den Tresen und verlangte leicht lallend einen Grog. Niemand beachtete ihn. Gestalten wie er waren hier Stammgäste. Nur die dicke Wirtin war bei seinem Anblick zusammengezuckt. Als sie ihm jetzt den Grog hinschob, gab er ihr unauffällig mit den Augen ein Zeichen, das sie offensichtlich verstand. Sie war bereits in der Sache Pößnick vernommen worden, hatte sich aber sehr klug herausgeredet, wie sie überhaupt recht schlau und vorsichtig war und sich stets ein Hintertürchen offenhielt. Nach einer kleinen Weile verschwand sie im Hinterzimmer, und Trebitz folgte ihr unauffällig.

Zwischen den beiden entwickelte sich folgendes Gespräch: „Hat Ihr Faktotum irgendwas auskundschaften können?", fragte der Beamte in ziemlich barschem Ton. Die Frau zögerte mit der Antwort. „Sie wissen, dass es nur Ihr Vorteil ist, wenn Sie mir in jeder Beziehung helfen, Frau Gundlach! Aber … kein falsches Spiel! Wenn Sie hübsch verständig sind, kommen Sie bei der Sache Pößnick, obwohl Sie der Teilnahme an dem Diebstahl oder zum mindesten doch der Beihilfe so gut wie überführt sind, nur mit einer Geldstrafe davon. – Erzählen Sie also …"

Die Gundlach schob sich zunächst ein frisches Stück Kautabak in den Mund – sie war im stetigen Umgang mit Seeleuten selbst schon ein halber Maat geworden – und begann dann bedächtig zu sprechen: „Dass der alte Mörks gestern Abend den Marzkiewiak zufällig in der Werftgasse getroffen hatte und ihm dann heimlich gefolgt war, wissen Sie ja schon. Marzkiewiak ging also nach der Langebrücke in die Drewssche Singspielhalle. Da ist er dann mit dem Drews in dem seiner Wohnung verschwunden. Mörksi hatte dann heute Vormittag, ganz wie Sie es … befohlen hatten, den Drews aufgesucht und all die Andeutungen über den Dampfer ‚Skagen' fallen lassen, über die wertvolle Ladung und über die günstige Gelegenheit, dort ein Ding zu drehen. Drews hat denn auch wirklich angebissen und hat meinem Mörks erklärt, er könnte ein paar Leute auftreiben, die bei dem Ding mitmachen würden. Heute Morgen um drei Uhr will er mit Mörks in der Stube im Hofspeicher zusammenkommen und einen Polen mitbringen, der sich auf solche Sachen wie die mit dem ‚Skagen' versteht."

„Ah, einen Polen! Das dürfte wohl dieser Marzkiewiak sein", meinte Trebitz.

„Das glaub ich nicht", erwiderte die Gundlach. „Marzkiewiak hat sich hier seit der Pößnick-Geschichte nicht mehr blicken lassen und kommt auch sicher so bald nicht wieder, weil das Ding doch so übel missraten ist. Außerdem kennt Mörksi diesen Marzkiewiak doch ganz genau."

„Abwarten!", sagte der Beamte mit einem feinen Lächeln. „Jedenfalls will ich den Lauscher spielen, wenn Drews, Mörks und der ‚Pole' sich über den ‚Skagen' beraten. Ich denke, es wird doch irgendwie möglich sein, dass ich mich in einem Nebenraum verstecken könnte."

„Gewiss, wir können uns die Gelegenheit ja gleich ansehen. Ich hole nur schnell eine Laterne."

Der Morgen graute bereits, als der Polizist die Kneipe der Mutter Gundlach wieder durch das Hoftor verließ. Eine Stunde vor ihm waren Drews und der Pole auf demselben Weg in die Stadt zurückgekehrt. Über dem Hafen lag ein dichter, gelbbrauner Nebel. Schiffssirenen heulten hin und wieder warnend auf, tuckernde Schlepper brachten gemächlich einen großen Dampfer zum Löschen seiner Ladung zur sogenannten Speicherinsel, und schwerfällige Fischkutter strebten vom Meer kommend mit knarrenden Rudern der Fischbrücke zu, um dort ihren Fang zu entladen, auf den die Händler bereits warteten.

Paul Trebitz fühlte heute wieder so recht, wie fest er doch mit allen Fasern seines Herzens mit diesem Getriebe der Hafenstadt verwachsen war. Es würde ihm wohl doch nicht leicht werden, seine jetzige Stellung mit der eines Kriminalbeamten zu vertauschen. Das Wasser war nun einmal seine Heimat, mochte es Meer oder Hafen heißen. Ja, wenn man ihm den Posten des alten Hübner anvertrauen wollte, der bei der städtischen Polizei als Kriminalwachtmeister das Hafengebiet unter sich hatte. Dann, ja dann brauchte er nicht eine ausgesprochene Landratte zu werden. Hübner war ja schon recht alt und bekanntermaßen auch ziemlich dick und bequem geworden. Und seine Vorgesetzten sollten, wie zu hören war, mit ihm auch gar nicht mehr zufrieden sein. Die Diebstähle auf den Schiffen im Hafen hörten einfach nicht mehr auf. Es musste hier eine weitverzweigte, gut geleitete Diebesbande an der Arbeit sein …

Diese und andere Gedanken gingen dem ehrgeizigen Trebitz durch den Kopf, während er der Langebrücke zustrebte, um in dem Wohnschiff der Strompolizei noch ein paar Stunden zu schlafen. Als er die Laufplanke zu dem ehemaligen Dreimaster überschritt, lehnte an der Reling einer seiner Kollegen, der ihn erst eine Weile prüfend musterte und dann ausrief: „Dunner noch eins, Paul, du bist das?! Mensch, ich hätt' dich wahrhaftig nicht erkannt! Die Maskerade ist ja großartig! Nee, was du auch allens für Sachen ausheckst!"

Trebitz grinste müde und doch etwas geschmeichelt und stieg die Schiffstreppe hinab, schloss seine kleine Kammer auf und legte die Maskerade ab.

Er war nun doch recht befriedigt von den Erfolgen dieser Nacht. Der Assessor würde große Augen machen, wenn er hörte, wie die Dinge standen, die nun zügig einem Ergebnis zustreben sollten.

Hafenpiraten

Es war am Nachmittag, etwa zehn Stunden später. James Look saß dem Rechtsanwalt Mendel in dessen Sprechzimmer gegenüber und drehte wieder sein Monokel an der Seidenschnur, dass es nur so hin und her wirbelte.

„Sie sehen, ich bin wieder ganz gesund geworden", sagte er. „Ich mussen schlafen mehr in die Nacht, hat die Doktor gesagt. Es sind gewesen die Nerven."

Mendel wusste nicht recht, was den Engländer eigentlich zu ihm geführt hatte. Wollte Look ihn etwa anpumpen? Irgendetwas hatte er doch wohl auf dem Herzen, wenn er auch so tat, als wäre es mehr ein Zufallsbesuch. Look klemmte das Einglas ein, beschaute sich seine lackierten Fingernägel und fuhr dann fort: „Ich habe da wieder gekauft. Verschiedene Sachen. Sehr billig, Herr Rechtsanwalt. Ein paar Kisten. Sie haben doch ein Platz in die Hinterhaus hier in diese Kammern, was Sie nicht tun benutzen. Ich mochte Ihnen abmieten die Kammern und auch die leere Stube daneben, da wo liegen alte Akten und meine vorige Einkäufe. Ich will zahlen dreißig Mark in Monat."

Mendel nickte zerstreut. Er dachte schon wieder an die Vorstandssitzung des Verkehrsvereins, die an diesem Abend stattfinden sollte.

„Ja, gut. Dreißig Mark, abgemacht", sagte er. Er wäre Look gern so schnell als möglich losgeworden und fügte daher hinzu: „Haben

Sie sich eigentlich schon bei meiner Frau wieder als Gesunder vorgestellt?"

„Oh ja, wir haben uns getroffen an Mittag für ein halbe Stunde. Da hat Frau Nora mich gezeigt die beide neue Zinnkruge, sehr wundervoll", erwiderte Look. Mendel horchte auf.

„So, also Sie haben meine Frau schon gesprochen ...?", murmelte er in sich hinein. Und er dachte: „Merkwürdig, sie hat mir nichts davon erzählt ..."

Ein leises Unbehagen stieg in dem abgehetzten Mann auf. Es war wohl noch kein echtes Misstrauen, nein, nur ein prüfendes Abwägen, ob ihm Nora etwa absichtlich das Zusammentreffen mit Look unterschlagen haben könnte.

Der Zufall wollte es, dass die kleine, ehrgeizige Dame gerade in der Langgasse einige Einkäufe erledigt hatte und jetzt „auf einen Sprung" ihren Gatten besuchen kam. Eilfertig rauschte sie ins Bürozimmer. „Na, Männe ... – Ah, Mister Look, Sie auch da?"

Sie hatte sichtbar gestockt, als sie den Engländer erblickte. Dem Rechtsanwalt war nichts grässlicher, als in Gegenwart anderer „Männe" genannt zu werden. Wenn Nora sich das nur abgewöhnen wollte! Die kleine Frau hatte blitzschnell überlegt. Und das Ergebnis war, dass ihr nun so ganz nebenbei einfiel: „Ach, ich habe ja vorhin ganz vergessen, dir zu erzählen, dass Mister Look mittags bei uns war. Ich bin heute so zerstreut. Ich hab mich so über den alten Reschke geärgert. Manchmal maßt er sich eine Kritik über meine Novellen an, die besser unterbleiben sollte. Hier habe ich die Abschriften meiner letzten Arbeit. Sieh dir mal an, wie viel er darin – ohne mich zu fragen – gestrichen und geändert hat! Unverschämt!"

Mendel überflog aus Höflichkeit einige der Seiten. Derweil entstand ein kleines Schweigen. Nora setzte sich auf eine Stuhlkante. Look räusperte sich und hüstelte mehrmals, wobei er sein Monokel putzte.

„Es scheint wirklich recht viel geändert zu sein. Aber sein Urteil ist eigentlich ... zumeist ... irgendwie ... einigermaßen zutreffend. Ich glaube nicht, dass die Novelle durch seine Mitarbeit verloren hat." Nora wurde plötzlich sehr rot. „Mitarbeit?! Ich bitte dich, du tust ja gerade so, als ob …!"

Er beruhigte sie durch eine Handbewegung. Und sie hütete sich, den angefangenen Satz zu beenden. Sie sah Looks glitzerndes Monokel forschend auf sich gerichtet. Der Engländer stand unvermittelt auf und machte Anstalten, sich zu verabschiedeten.

„Warten Sie, ich komme mit", meinte Frau Nora, änderte aber sofort ihren Entschluss: „Nein, doch besser nicht; ich bin gerade nicht in Plauderstimmung. – Wiedersehen!"

Als Look die Tür hinter sich zugezogen hatte, bemerkte Frau Nora achselzuckend: „Der gute Look ist hin und wieder nur in kleinen Portionen genießbar. Eigentlich ist er ein ziemlich fader Geselle."

Mendel griff nach einem Aktenstück und schlug es auf. „Ich habe gerade viel zu tun, meine Süße. Lass uns heute Abend zu Hause darüber … Ach ja! Da fällt mir ein, abends komm ich nicht zu Tisch, ich komme heute später. – Ja, geh jetzt besser. Es warten noch einige Termine auf mich."

Nora wollte sich noch das Bürozimmer des Assessors Linker ansehen und ihn bei der Gelegenheit für Sonntag zum Mittagessen einladen. Sie klopfte und trat sofort, ohne des Assessors „Herein" abzuwarten, mit einem schon vorher zurecht gelegten „Sie lassen sich ja gar nicht mehr bei uns sehen!" ein. – Linker war jedoch nicht allein. Die Frau Rechtsanwalt blieb daher an der Tür stehen und schaute sich in dem kleinen Raume um, nachdem sie dem Assessor zugenickt und Ernst Reschke etwas überrascht gemustert hatte. „Eigentlich ganz gemütlich, Ihr neues Reich, wirklich. Aber ein Teppich fehlt. Ich werde dafür sorgen."

Als sie dann wieder auf die Straße hinaustrat, fragte sie sich abermals: ‚Was macht Reschke bei dem Assessor? Etwa ein Prozess?'

„Nora", sagte Look ganz dicht neben ihr, dass sie überrascht herumfuhr. Hatte er auf sie gewartet? „Sie …?!"

„Ja, ich … wie Sie sehen. – Ich habe gehabt Sehnsucht nach Ihnen, liebe verehrte Nora."

Sie bog schnellen Schrittes in eine stille Seitenstraße ein. Look folgte ihr auf dem Fuße. Als Nora sich unbeobachtet fühlte, blieb sie stehen und wandte sich Look zu. Die kleine Person schaute zu ihm auf.

„Mister Look, ich sagte Ihnen schon vormittags, dass Sie diese vertrauliche Anrede unterlassen sollen!", begann sie mit einer gewissen Empörung in der Stimme. „Mir können Sie wirklich nicht so leicht weismachen, dass Sie mir ‚als Sklave zu Fuußen liegen', wie Sie sich so schön ausdrückten. Wo haben Sie eigentlich diese Redensart her? Vielleicht von diesem Fräulein Kunath, mit der man Sie in recht enge Beziehungen bringt?!"

„Ah, eifersuchtig?", grinste er und blickte sie siegesgewiss an.

„Sie sind … unverschämt!", platzte es aus ihr heraus. Look sah ihr tief in die Augen.

„Nein, nur verliebt, Nora. Und die Frollein Kunath …? Meine Ehrenwort, die ist fur mich nur eine Beziehung fur die Geschäft."

Er beugte sich tiefer zu ihr hinab. „Nora, Sie mir nicht konnen glauben machen, dass Sie sind glucklich. Ihre Mann immer nur Akten, Akten und Akten …"

„Schweigen Sie!", zischte Nora, wobei sie sich umblickte, ob sie wohl ein Bekannter sehen könnte zusammen mit dem Engländer in diesem stillen Gässchen.

„Gut, ich werde schweigen von diese Sache", sagte Look mit ruhiger Stimme. „Aber anderes etwas. – Haben Sie mit Mendel von diese Pößnick-Sache gesprochen? Unsere Konsulat hat nur Interess dafur, weil auch ist bestohlen worden hier in die Freihafen eine englische Dampfer und weil wir vielleicht wollen auch Nachforschungen auf eigene … eigene …"

„… Faust", fügte sie hinzu.

„Richtig, auf die eigene Faust."

Nora erzählte im Weitergehen, was Look wissen wollte. Viel Neues war es jedoch nicht, was sie vorsichtig heute während des Mittagessens aus ihrem Mann herausgeholt hatte. Look machte ein enttäuschtes Gesicht. Immerhin, der Assessor hatte also so etwas wie einen Detektiv mit Nachforschungen beauftragt.

Look begleitete die kleine Frau nach Hause und betrat mit ihr zusammen die Wohnung. Und nach einigem Gezerre versuchte er im Damensalon, sie zu küssen. Aber nach einer recht kurzen Lippenberührung entwand sie sich ihm. Und sie schien jetzt wahrhaftig verstimmt zu sein. Sie besaß kein besonders lebhaftes Temperament, sie war eben einfach nur auf Zerstreuung bedacht, sie war harmlos verspielt und viel zu ängstlich, um diesen Flirt wirklich geschehen zu lassen.

„Look, wenn Sie noch ein einziges Mal …!", rief sie jetzt gefährlich laut, wobei sie ihn entschlossen zurückstieß.

„Gut, gut …", fügte sich Look. „Ich bin schon wieder sehr artige Junge. – Nicht mich fortschicken!"

Sie verzieh ihm recht schnell, behielt ihn zum Abendbrot da und war eingestandenermaßen tief im Inneren ihrer Seele ein klein wenig enttäuscht, dass er so rasch zahm geworden war …

Die Begegnung zwischen Reschke und Trebitz in Linkers Arbeitszimmer entbehrte insofern nicht einer gewissen allseitigen Befangenheit, als der Beamte sich wortreich entschuldigen wollte, weil er Ernst Reschke in so falschem Verdacht gehabt hätte, worauf er von diesem mit gutmütigem Lächeln und der Bemerkung unterbrochen wurde: „Lassen Sie nur. Wir haben uns ja quasi schon letzte Nacht ausgesöhnt. Also, Sie wollen wissen, wann der Nachen wieder abgelegt hat. – Er verschwand kaum eine Viertelstunde nach Ihren."

Trebitz berichtete dann eingehend über seine bisherigen Unternehmungen. „Hoffentlich haben Sie genügend Zeit, meine Herren", meinte er zu Beginn. „Denn es gibt inzwischen eine ganze Menge zu erzählen."

Als Linker einwarf, eine Stunde würde ja wohl genügen, nickte Trebitz und berichtete nun folgendes: „Meine Nachforschungen in der Sache Pößnick und Genossen waren hauptsächlich darauf gerichtet, womöglich jenen Marzkiewiak aufzuspüren. Hinter dieser Person wittere ich ganz etwas Besonderes. Ich vermute, dass er der Kopf einer professionellen Bande von Hafenpiraten ist. Allerdings ist ‚Marzkiewiak' vermutlich nur eine Maske und ihr Deckname. So einiges, was ich aus der Frau Gundlach über diesen Menschen herausbekam, brachte mich zwangsläufig auf diesen Gedanken. Ich konnte dann auch so ein altes Faktotum der Hafenkneipe, einen gewissen August Mörks zu meiner Unterstützung anheuern. Ich setzte ihn darauf an, diesen Marzkiewiak einmal leibhaftig aufzutreiben. Und obwohl dieser Mörks ein ganz gerissener Kunde ist und überall seine Beziehungen hat, musste ihm doch erst der Zufall zu Hilfe kommen. In der Werftgasse sah er gestern einen Mann, in dem er den Marzkiewiak wiedererkannte, obwohl er die Verkleidung eines rotbärtigen Hafenarbeiters angelegt hatte. Mörks bekam heraus, dass Marzkiewiak mit dem ziemlich übel beleumundeten Besitzer einer Singspielhalle namens Drews befreundet ist, und es gelang ihm sogar, die beiden zu einer Besprechung über einen Raubzug gegen einen dänischen Dampfer ‚Skagen' in seine Behausung zu locken. So hatte ich Gelegenheit, mir diesen ‚Polen' etwas näher anzusehen. – Übergehen wir jetzt einmal die Einzelheiten. Die sind zwar zum Teil recht aufschlussreich, würden aber Ihre Zeit zu sehr in Anspruch nehmen. – Jedenfalls erlebte ich in meinem Versteck, von dem aus ich die drei Leute belauschen konnte – ich konnte sie sogar sehen – eine ziemliche Überraschung. Meinem Ohr verriet das gebrochene Deutsch des angeblichen Polen oder Ungarn sehr bald, dass der in Wirklichkeit ... ein Engländer ist. Und die Angewohnheit dieses edlen Briten, das rechte Auge immer etwas zuzukneifen, erinnerte mich stark an Herrn ... James Look, den ersten Sekretär des englischen Generalkonsuls, der mir ja einigermaßen bekannt ist. Hinzu kam noch, dass dieser ‚Pole', der wieder den Hafenarbeiter spielte und einen roten Bart und eine fuchsige Perücke trug, in seiner ganzen Ausdrucksweise den Gebildeten und sich selbst noch dadurch verriet, dass er seine Hände doch viel zu wenig künstlich beschmutzt hatte. Schließlich war ich mir meiner Sache ganz sicher. Dieser angebliche Stinski, wie ‚Marz-kiewiak' sich jetzt nannte, war tatsächlich der Monokel tragende James Look."

„Unglaublich!", rief Linker kopfschüttelnd. „Aber sind Sie sich da sicher? Wenn ich bedenke, dass Look ..."

Trebitz hob lächelnd die Hand, womit er Linker zum Schweigen brachte und fuhr fort: „Look ist hier zur Genüge als Spieler und Schuldenmacher bekannt. Er ist Besitzer einer Segeljacht, die doch recht teuer im Unterhalt sein muss und mit der er sich viel im Hafen, auf dem Fluss und auf See herumtreibt. Die Jacht vermittelt ihm die Bekanntschaft mit Dampferkapitänen, die er zu Touren einlädt und mit denen er dann Zechgelage veranstaltet. Zum Beispiel auf dem Dampfer ‚Ella', wo er heimlich auch den Matrosen ein paar Flaschen Branntwein zusteckte, an demselben Abend, als er die Schiffsoffiziere in der Kapitänskajüte zu einer wüsten Sauferei verführte. Und dieser Branntwein musste allem Anschein nach ein Schlafmittel enthalten haben. Also ein Schlafmittel, Herr Assessor, genau wie der Zucker in der Schale, die Fräulein Hildegard Ihnen für Ihren Tee hinstellt."

Linker entfuhr ein lautes „Donnerwetter!" Er dachte an den vorigen Abend, seine nicht zu bekämpfende Müdigkeit, an Trebitz Erscheinen und an dessen Worte, die er in seinem Zustand kaum begriffen hatte.

„Es ist ein glückliches Zusammentreffen", berichtete der Beamte weiter, „dass der Dampfer ‚Ella' vorgestern wieder, von Petersburg kommend, in unserem Hafen eingelaufen ist. So konnte ich heute Nachmittag den Kapitän und die anderen Leute befragen. Endlich kam nun Licht in diese dunkle Angelegenheit. Look hat damals die ganze Besatzung höchst raffiniert mit Alkohol und mit diesem Schlafmittel praktisch unfähig zu irgendwelcher Wachsamkeit gemacht. Und dann hat er sehr wahrscheinlich zusammen mit dem Drews die Säcke an Deck geschafft, die nachher von Pößnick und den beiden anderen abgeholt wurden. Die Indizien gegen ihn sind schon jetzt so erdrückend, dass ich ihn verhaften könnte. Genauso hat er sich nämlich auch als Hafenarbeiter Stinski mit Mörks auf einen Plan für einen Diebeszug auf dem Dampfer ‚Skagen' verabreden wollen. Er ist mir also ahnungslos in die Falle getappt. Also übermorgen Nacht soll der ‚Skagen' geplündert werden. Und ‚Stinski' hat sich wieder erboten, die Bordwache unschädlich zu machen. Wie er das anstellen will, hat er gegenüber seiner Kumpanei für sich behalten. – Dem Mörks kann ich nur mein uneingeschränktes Lob zollen. Er hat seine Rolle sehr geschickt gespielt, und Look und Drews hoffen jetzt, den ‚Skagen' um einige Ballen sehr wertvoller Pelze erleichtern zu können. Ich hoffe meinerseits, mit einem Schlag die ganze Hafenpiratenbande unschädlich zu machen. Denn hinter diesem Drews und dem Engländer stehen noch einige Helfershelfer. Ich vermute aber, dass Look, der sich stets im Hintergrund hält, die Fäden dieser Bande als eine Art geheimnisvoller Anführer zieht. Ich könnte also jetzt schon meine Hand auf ihn legen, wenn ich wollte. Aber er soll frei bleiben bis übermorgen Nacht. Und bis dahin werden wir wohl auch die rätselhaften Vorgänge im alten Mühlenhaus aufgeklärt haben. Und damit kommen wir zum zweiten Teil unserer Aufgabe, der man mit gutem Recht die Überschrift ‚Hildegard Kunath' geben kann."

„Leider", meinte Ernst Reschke zerknirscht. „Hildegard und dieser Verbrecher … Mir will das gar nicht in den Kopf."

Auch der Assessor schaute bedrückt vor sich hin. – Sollte er wirklich in seiner Verliebtheit von Hildegard eine zu gute Meinung gehabt haben? – Seit der vergangenen Nacht waren in ihm wieder bohrende Zweifel aufgestiegen. Sie hatte ihm schließlich irgend ein Schlafpulver in den Zucker gemischt, das stand ja nun einmal fest. Wer zu solch heimtückischen Mitteln greift, um einen unliebsamen Beobachter außer Gefecht zu setzen, dem durfte man alles Mögliche zutrauen! Und diese Erkenntnis schmerzte ihn zugegebenermaßen. Den ganzen Tag war er heute diese Gedanken nicht losgeworden. Er hätte es zu gern gesehen, wenn Hildegard völlig unbescholten aus all diesen Rätseln hervorgekommen wäre. Und er hätte weiß Gott was darum gegeben, wenn ihm einer den Beweis erbracht hätte, dass nur der Schein gegen dieses Mädchen gesprochen hatte. Hildegard hatte sich von Tag zu Tag mehr und mehr in sein Denken gedrängt, weil er ihr Verhalten einfach nicht begreifen konnte. Sie war in seinem bis dato so beschaulichen Leben wie ein wandelndes Rätsel aufgetaucht, das ihn seiner vorherigen Seelenruhe beraubte.

Die alte Chronik

Paul Trebitz hatte seine Notizen zur Hand genommen, eine Seite darin aufgeschlagen und sagte jetzt zu den beiden still vor sich hin brütenden Männern, die sich beide um Hildegard sorgten: „Nun zu den Geheimnissen des alten Mühlenhauses, meine Herren. Auch in dieser Beziehung sind wir einen großen Schritt vorwärtsgekommen. – Werfen wir zunächst einmal einen Blick rückwärts auf die Vergangenheit; erinnern wir uns an Ernst Kunath, an den sogenannten Spuk in dem alten Gebäude, an die Erschütterungen der Mauern, die seltsamen Geräusche und Klopftöne, endlich an die Leute, die nachts heimlich durch das Fenster vom Kanal her die Wohnung Kunaths betraten, an Frau Kunaths Angstschreie und all die anderen seltsamen Dinge, die sich dort abgespielt haben. – Jedes Geheimnis hat sozusagen eine Wurzel, aus der erst die anderen rätselhaften und unerklärlichen Nebenerscheinungen hochsprießen. Diese Äste sieht der Uneingeweihte, die Wurzel sieht er natürlich nicht. Er sieht das Außergewöhnliche an dieser Pflanze und möchte ihre Natur gern ergründen. Dazu muss er aber notwendigerweise in das dunkle Erdreich eindringen, um eben die Wurzel freizulegen. Auch das Rätsel, mit dem wir uns jetzt hier beschäftigen, sprießt aus so einer dunklen Tiefe hervor, nämlich aus den Kellern des alten Gebäudes, wie mir heute erst klar geworden ist. Geahnt hatte ich es ja schon früher. Eigentlich war das ja auch gar nicht so schwer zu erraten. Also … Wie gesagt, heute habe ich nun die Gewissheit erlangt, dass Hildegard und die Leute im Nachen in den Kellern des Mühlenhauses irgendetwas treiben, was nicht ganz ungefährlich ist. – Ja, gerade erst heute! Morgens oder besser gesagt nachts gegen viertel eins war ich in Hildegards Zimmer. Ich entdeckte in der Wandtäfelung eine geheime Tür, hinter der in der dicken Mauer eine Treppe abwärts verläuft, also in die Kellerräume hinab. – Das war also sehr früh morgens. Und dann vor etwa zwei Stunden schlich ich James Look nach, der in demselben Geschäft für chirurgische Instrumente verschwand, aus dem er gestern Abend einen Karton abgeholt hatte, wie Sie sich erinnern werden, Herr Assessor. Auch heute kam er mit einem Karton aus dem Laden. Fünf Minuten später wusste ich, was die beiden Kartons enthalten hatten, nämlich sogenannte Rauchmasken. Das sind Apparate, die es ermöglichen, auch in dichtem Qualm oder sogar in gasgefüllten Räumen zu atmen."

Trebitz machte eine kleine Pause. Er sah die Augen seiner beiden Zuhörer gespannt, aber offenbar auch verständnislos auf sich richtet. „Also Rauchmasken …", fuhr er dann fort. „Und zwar vier Stück davon hatte Look insgesamt gekauft, gestern und heute. Gestern nur eine, die dann in der Nacht ausprobiert worden ist. Sie bewährte sich, und darum kaufte er weitere drei. Ich betone nochmals, dass auch gasgefüllte Räume mit diesen sonst von der Feuerwehr benutzten Apparaten betreten werden können. Hildegard und die übrigen drei Personen haben eben irgendetwas an einem Ort vor, der ihnen sonst ohne die Masken verschlossen bliebe. Um Rauch als Hindernis kann es sich hier nicht handeln. Nur Gas kommt in Betracht, und zwar … Sumpfgas – wegen der Nähe des Kanals und des Mühlengrabens. Über diese Art von Gas hat mir heute derselbe Chemiker Auskunft gegeben, der den Zucker aus ihrer Schale untersuchte hatte, Herr Assessor. Und der hat mir versichert, dass Sumpfgas sehr gefährlich ist und bei längerem Einatmen Bewusstlosigkeit herbeiführt und sogar zum Tod führen kann. Wenn wir jetzt an Ernst Kunaths rätselhafte Erkrankung oder auch an den Ohnmachtsanfall von diesem Look denken, sehen wir also schon einen ziemlich klaren Zusammenhang." Trebitz schaute in sein Notizbuch und blätterte ein Weilchen darin herum. „Ich habe mir hier kurze Bemerkungen gemacht über das, was für uns wichtig ist. Ich möchte Ihnen alles erzählen und nichts dabei vergessen. –

Als bisheriges Resultat der Ermittlungen können wir also folgendes annehmen: Hauptpersonen in diesem Rätselspiel sind Hildegard Kunath, James Look und als dritter und vierter wahrscheinlich dieser Drews und auch Arnold Kunath. – Was Letzteren betrifft, so erinnere ich an seine Äußerungen im Flur, wo er von der Gefährlichkeit einer Unternehmung und vom Tod seines Vaters gesprochen hatte, der mit eben dieser Unternehmung im Zusammenhang stehen würde. Diese Vier betreiben in unterirdischen Räumen, die vom Mühlenhaus aus zugänglich sind, irgendetwas, wovon sie sich Vorteile versprechen. Sonst würden sie sich ja wohl kaum der Gefahr einer Sumpfgas-Vergiftung aussetzen. – Was auch immer das für Vorteile sein mögen – also Gewinn, Geld, Gold oder dergleichen. Meine Vermutung: ... also kurz gesagt ... Schatzgräber ... Sie suchen nach irgendwelchen Schätzen, die sie dort in den Kellern oder in vielleicht noch tiefer gelegenen Gängen zu finden hoffen!"

Jetzt war es Reschke, der Trebitz ins Wort fiel. Er war mit einem Mal von seinem Stuhl aufgesprungen und rief: „Die Chronik! Es ist die Chronik ...! Dass ich auch jetzt erst daran denke! – Natürlich, sie suchen nach dem Schatz! Schon Ernst Kunath hat danach gesucht und ist dabei ums Leben gekommen! – Alles klar!"

Trebitz drückte Reschke behutsam wieder auf seinen Stuhl zurück. „Jetzt beruhigen Sie sich erst mal. Und erzählen Sie. Was hat es mit dieser Chronik auf sich?"

Der Alte aber schüttelte immer wieder wie erstaunt über seine eigene Begriffsstutzigkeit den Kopf und raufte sich sein weißes Haar. „Wie ist es bloß möglich, dass mir diese Sache mit der Chronik nicht viel früher eingefallen ist! Dann hätte ich längst Bescheid gewusst! – Also hören Sie, meine Herren, die Geschichte ist schnell erzählt. – Es mochte wohl einige Monate vor der Zeit gewesen sein, als ich in das Mühlenhaus einzog, da berichteten die Zeitungen über einen wertvollen Fund, den der Stadtarchivar in einer uralten Truhe im Rathaus gemacht hatte. Das wurde damals zum allgemeinen Stadtgespräch. Es handelte sich um handschriftliche Aufzeichnungen eines Bürgermeisters aus dem siebzehnten Jahrhundert, als die Stadt von den Schweden belagert wurde, von der Land- und

Seeseite gleichzeitig. Und diese Belagerung schildert der damalige Bürgermeister in allen Einzelheiten, unter anderem auch, dass die alte St. Barbara-Kirche vom Feind in Trümmer geschossen wurde. Kurz zuvor hatte der Magistrat in den unterirdischen Gewölben der Kirche die Goldreserven der Stadt und wohl auch viele immens wertvolle Schmuckstücke von reichen Kaufleuten einmauern lassen, damit sie den Schweden nicht in die Hände fielen. Die Stadt war nämlich nicht länger zu halten gewesen, weil die Cholera ausgebrochen war, wodurch die Verteidiger noch stärker dezimiert wurden, als durch die feindlichen Geschosse. – Diese Aufzeichnungen enthielten zum Schluss die kurze Bemerkung, dass der Schreiber selbst schwer erkrankt war. Offenbar ist er dann wohl gestorben. – Soweit die Chronik. – Aus der Geschichte wissen wir nun, dass damals drei Viertel der Bevölkerung durch die Seuche ums Leben gekommen waren. Die Stadt wurde dann von den Schweden eingenommen und mehr als hundert Jahre von ihnen beherrscht. Die Barbara-Kirche wurde nie wieder aufgebaut. Die das Versteck des Schatzes kannten, konnten nicht an ihn heran, weil er tief unter den Trümmern verschüttet war. Über die Jahre starben diese Leute aus und der Schatz geriet allmählich in Vergessenheit. Als die Trümmer der Kirche endlich beräumt und auf ihren Fundamenten neue Häuser gebaut wurden, wusste niemand mehr etwas von dieser Geschichte. Die kam dann erst durch den Fund der alten Chronik ans Licht. Die Zeitungen erwähnten bei dieser Gelegenheit auch, dass die alte Barbara-Kirche teilweise etwa an derselben Stelle gestanden haben soll, wo sich jetzt das zur Großen Mühle gehörende … Mühlenhaus befindet. – So, meine Herren, das wäre alles. – Und nun urteilen Sie selbst! Ich alter Dummkopf hätte mir doch die Erschütterungen des alten Hauses, das Klopfen, die Geräusche unschwer selber richtig deuten können, wenn ich eben nur an die Chronik gedacht hätte! Ernst Kunath, der ja ein heller Kopf war, wird damals sicherlich diese Zeitungsberichte genau studiert haben. Er hat also versucht, von den Kellern aus in die ehemaligen Kirchengewölbe einzudringen. Möglicherweise ist ihm das ja auch geglückt. – Übrigens die Keller im Mühlenhaus wurden zu meiner Zeit nie von den Mietern benutzt, weil sie angeblich zu feucht waren. Man könnte sie aber betreten. Ernst Kunath hat aber niemandem einen Schlüssel zur Eingangstür herausgegeben."

Trebitz schob sein Notizbuch wieder in die Tasche. „Dann wäre das Geheimnis des alten Hauses aufgeklärt", sagte er fast feierlich. „Trotzdem bleibt aber noch immer ein Rest von Rätseln zurück. Weshalb gab es Frau Kunaths laute Angstrufe? Weshalb benutzten die Leute, die durch das Fenster kamen, immer einen Kahn? Und was bedeutet dieses vertrauliche Bündnis zwischen Hildegard Kunath und diesem Engländer? – Ich könnte da noch mehr anführen, was höchst merkwürdig ist. – Unsere Aufgabe muss es jedenfalls bleiben, die gesamte Wahrheit herauszubekommen. Über das Wie werden wir uns noch abstimmen."

Karl Linker hatte gespannt die Geschichte der alten Chronik mit angehört. Trotzdem aber behielten bei ihm die Gedanken an Hildegards Vorgehen gegen ihn die Oberhand und drängten alles andere in den Hintergrund. Wie konnte sie ihm nur auf diese heimtückische Weise ein Schlafmittel verabreichen! Wenn er nun mehr als die zwei Teelöffel von diesem Zeug eingenommen hätte, wäre er jetzt möglicherweise tot! Er konnte einfach nicht darüber hinwegkommen. Wie konnte sie sich so von diesem englischen Gecken beeinflussen lassen, dass sie das Leben eines Unbeteiligten aufs Spiel setzte? Damit hatte sie sich unzweifelhaft strafbar gemacht! Das ganze Geheimnis des alten Mühlenhauses hatte für ihn jede Bedeutung verloren, seitdem er hatte begreifen müssen, dass dieses bezaubernde Weib doch nicht, wie er inständig gehofft hatte, frei von Schuld und Fehl aus der ganzen Geschichte hervorgehen würde.

Seine seelische Niedergeschlagenheit drückte ihn und wollte nicht weichen, und so beteiligte er sich kaum noch an der Erörterung der Fragen, die abwechselnd von Trebitz und Reschke angeschnitten wurden. So hatte Reschke zum Beispiel erklärt, dass ihm der Name Drews nicht unbekannt sei. Ernst Kunath hätte damals oft mit einem gewissen Drews verkehrt, der seinerzeit auf der Langebrücke ein Geschäft für Seemannsausrüstungen besaß. Trebitzs

Vermutung, dieser Drews könnte auch jetzt mit Look und Hildegard zusammenarbeiten, war also nicht von der Hand zu weisen. Wenn Drews bereits Ernst Kunaths Kumpan bei der Schatzgräberei gewesen war, dann wäre das nun auch wohl die Erklärung dafür, wie James Look in die Angelegenheit mit hineingezogen worden war. Denn er war ja mit dem jetzigen Besitzer dieser anrüchigen Singspielhalle bekannt. Trebitz entwickelte dann folgenden Plan: Weil nun für jeden der vier Schatzsucher Rauchmasken besorgt waren, war zu vermuten, dass sie in der kommenden Nacht wieder in den Kellergewölben tätig sein werden. Er wollte nun nach Möglichkeiten suchen, sie dabei zu belauschen, um dann vor Hildegard mit so schwerwiegenden Argumenten hintreten zu können, die sie zu einem umfassenden Geständnis bringen würden.

Linker war mit allem einverstanden. Trebitz und Reschke wollten gegen elf Uhr in einem Boot auf ein vereinbartes, von ihm zu gebendes Lichtsignal hin, dass alles sicher wäre, an der Rückseite des Mühlenhauses anlegen, um dann von seinem Zimmer aus in Hildegards Stube zu gelangen, also zu dem geheimen Eingang zu den Kellergewölben.

Gleich darauf verabschiedeten sich Reschke und Trebitz und verließen gemeinsam das Haus in der Langgasse, um in eifrigem Meinungsaustausch durch stillere Seitenstraßen dahinzuwandern. Die beiden Männer, die an dem großen Rätsel des Mühlenhauses ein so verschiedenartiges Interesse hatten, das bei Reschke auf herzlicher Teilnahme für die Malwine Kunath, bei dem Beamten auf der Lust an der Spürtätigkeit beruhte, kamen auch auf Linkers auffallende Niedergeschlagenheit bei der eben beendeten Unterredung zu sprechen.

„Was war denn vorhin bloß mit unserm jungen Assessor los?", meinte Trebitz. „Ich wollte ihn schon fragen, weshalb er denn wie ein rechtes Häufchen Unglück dasaß und Augen machte wie ein Gerber, dem die Felle fortgeschwommen sind."

Ernst Reschke, der trotz seines Einsiedlerlebens ein feinfühliger Seelenkenner war, lächelte kaum merklich und erwiderte tiefgründig: „Ach wissen Sie, was so ein junges Herz bewegt, mag für andere unverständlich sein. Wenn man aber auf so allerlei kleine Anzeichen achtet, die auf etwas Besonderes hindeuten … Er hat mir heute Mittag manches aus seinem Leben anvertraut. Er ist verlobt, und mit dieser Verlobung scheint es wohl nicht so ganz zum Besten zu stehen … Ja, mein lieber Herr Trebitz, es leben Leute im alten Mühlenhaus, von denen einige wohl einen recht schweren Packen zu schleppen haben."

Gegen acht Uhr abends; Hildegard war eben heimgekommen und nahm nun gleichfalls am gedeckten Abendbrottisch Platz. Im großen Vorderzimmer bei Kunaths herrschte heute eine merkwürdig gedrückte Stimmung. Bereits am Morgen war Frau Kunath mit umwölkter Stirn umhergegangen. Und diese Gewitterstimmung hielt immer noch an. Hildegard und Arnold ahnten, dass die Mutter wohl etwas auf dem Herzen hatte. Schweigend wurde das Mahl eingenommen. Es kam kein Gespräch so recht in Gang. Hildegard sah dem, was nun folgen würde, mit äußerlicher Ruhe entgegen. Nicht so ihr Bruder. Der hatte anscheinend in mancher Beziehung ein schlechtes Gewissen. – Frau Kunath schob endlich den Teller von sich. Ihre Miene war wie versteinert. Als Arnold sich schweigend erheben wollte, sagte sie unvermittelt laut: „Setz dich wieder hin, Arnold!" Ihre Stimme klang vor innerer Erregung heiser.

„Nun sagt einmal, bin ich euch nicht immer eine gute Mutter gewesen?", begann sie, abwechselnd Hildegard und Arnold ansehend. „Womit hab' ich es verdient, dass ihr beiden mich hintergeht und Geheimnisse vor mir habt?! Seit Wochen schon merke ich, dass hier so etwas wie ein böser Geist eingezogen ist; ein Geist von Heimlichkeit und Misstrauen. Wenn ich es recht bedenke, dann ist hier schon ziemlich lange kein offenes Wort mehr gesprochen worden. Aber jetzt ist es höchste Zeit, denn dieser Zustand ist einfach unerträglich! – Ich will jetzt auf der Stelle wissen, was hier los ist! Hildegard! Du warst gestern um Mitternacht nicht in deinem Zimmer. Also? Wo bist du gewesen? Was hast du getrieben, mitten in der Nacht?! Und du, Arnold? Wo warst du gestern zu nachtschlafender Zeit? Eure Stuben waren verschlossen! Und auf meine Fragen hab' ich nur die eine Antwort erhalten, die mir mein eigener Verstand gab. Ich ahne, was ihr nächtlicherweise treibt. Ich hoffe, ihr haltet eure Mutter nicht für so dumm! Ich habe euch damals nach Vaters Tod so flehentlich gebeten, nicht in seinen tödlichen Fehler zu verfallen und ebenfalls dieser trügerischen Hoffnung nachzujagen …! Wie es aussieht, habt ihr nicht auf mich gehört. – Heute Vormittag war diese verfluchte Tür in der Wandtäfelung in Hildes Zimmer halb geöffnet. Und auf der Treppe in der Mauer hab' ich nicht ganz trockenen Schmutz von Fußtritten gefunden. Ihr seid gestern also wieder da unten gewesen! – Gestern und in den Nächten davor! – Hildegard, hab' recht?"

Das junge Mädchen nickte nur einmal leicht. Frau Kunath aber begann plötzlich leise in sich hinein zu weinen, so ein wehes, trockenes Schluchzen, dass es Hildegard tief ins Herz schnitt. Arnold sagte in seinem näselnden Tonfall reumütig: "Du hast ja recht, Mutter; die ganze Geschichte ist ein einziger Blödsinn. Da ist überhaupt kein Schatz. Ich hätte auch nie mitgemacht, wenn mir dieser Engländer nicht Geld dafür versprochen hätte, dass ich ihn durch die Gänge führe, weil ich mich da auskenne. Der Kerl ist aber ein Betrüger. Ich bin auf ihn reingefallen. Und Hildegard sollte das endlich auch allmählich begreifen."

Arnold blickte seine stumm dasitzende Schwester an. "Naja … Wenn du hier solche Leute wie diesen feinen James anschleppst, wirst du nie zu was kommen! Und dass du jemals einen soliden Mann heiraten wirst, das kannst du dir aus dem Kopf schlagen! Das wird nie passieren! – Niemals! – Was für ein Schwachsinn, so versessen auf 'ne feine Partie zu sein wie du, das ist doch … krank ist das! Du bleibst doch immer, was du bist …! In der ganzen Stadt bekannt wie ein bunter Hund … Liebestäuscherin!"

Was Arnold hier mit verkniffenem Blick sich in Rage redend von sich gegeben hatte, klang so roh und herzlos, dass seine Mutter ihn völlig entgeistert anstarrte. Hildegard war bleich geworden. Sie sah ihren Bruder hasserfüllt an: "Solange ich dir genügend Geld zustecken konnte, damit du deinen ... hässlichen Angewohnheiten frönen konntest, warst du ja der Allereifrigste von uns. Du kamst doch nicht oft genug in die Gewölbe hinunter. Jetzt, wo dir meine Sparpfennige auf einmal nicht mehr ausreichen ... Aber wozu das alles!"

Hildegard hob auf einmal den Arm und deutete zur Tür. „Verschwinde, Arnold! Raus! Sofort! Lass uns allein!", sagte sie in einem kalten Befehlston. Das schien ihren Bruder tatsächlich zu beeindrucken. Er erhob sich vom Tisch, achselzuckend zwar, um sich nicht ganz die Blöße zu geben, doch er stand tatsächlich auf und wandte sich zur Tür. Als er die Klinke in der Hand hatte, lachte er kurz auf.

„Liebestäuscherin!", wisperte er grinsend und verließ den Raum. Kaum hatte sich die Tür hinter ihm geschlossen, fragte Frau Kunath: „Hildegard, was passiert hier gerade?!"

Das junge Mädchen schaute die Mutter offen an. In ihren Augen lag eine ganze Welt von Enttäuschung und Seelenschmerz.

„Mutter, sollte ich Arnold denn die Wahrheit sagen, weswegen ich wie verrückt nach dem großen Geld lechzte? Meinst du ernsthaft, der Idiot würde es jemals verstehen? Reicht es nicht, dass wir diese Last, wir beide ...? Dieses erbärmliche Märchen von meiner ... Heiratstollheit ... ist immer noch die beste Tarnung ..."

Hildegard blickte ihre Mutter mit einem bitteren Lächeln an. Malwine Kunath stand auf, ging um den Tisch, setzte sich auf den freien Stuhl neben ihrer Tochter und schlang ihre Arme um sie. Und die auf einmal hervorbrechenden Tränen der beiden Frauen flossen ineinander ...

Und wären diese Tränen auf ein bestimmtes Grab gefallen, so hätten sie sich wie Säure durchgefressen durch Erde und Holz bis hinein in das verwesende Herz eines Toten, um darin auch jetzt noch höllisch zu brennen wie die glühenden Qualen eines bleischweren Gewissens.

Die Gewölbe von St. Barbara

Die Dunkelheit senkte sich herab. Die Nacht breitete sich über die Küstenstadt, lau und frühlingsschwer war die Luft. Im aufglimmenden Sternenhimmel schwammen einzelne lichte Wolken.

Hildegard saß in ihrem Stübchen und las ‚Hedda Gabler' von Ibsen. Sie liebte diese schwerblütigen Gestalten, in denen doch tief unter der Oberfläche der Seele die Leidenschaften brodelten. Mit manchen dieser Frauengestalten des großen nordischen Dramatikers fühlte sie sich seelenverwandt. Dabei war sie doch so ganz anders als die von Bosheit zerfressene Hedda. In Wirklichkeit sehnte sie sich doch nur nach einer erfüllenden Liebe, nach Ruhe und Frieden. In ihr war nichts Boshaftes. Was sie getan hatte, konnte sie vor Gott und der Welt vertreten, was schlecht an ihr schien, war nur Schein. Und im Bewusstsein dessen war sie erhobenen Hauptes ihren schmerzhaften Dornenpfad gegangen, anfänglich in naiver Ahnungslosigkeit darüber, dass ihre Gesamterscheinung die Männer anzog wie ein duftender Blütenkelch die Bienen. Und dann hatte sie den Brief gelesen, der da offen – wie absichtlich offen abgelegt – auf Linkers Schreibtisch lag. Sie hatte ihn nicht ganz gelesen, sie hatte ihn nicht angerührt, nur zufällig die offen daliegende Oberseite … „verworfenes Geschöpf" …!" Für sie hatte es nur eine einzige Erklärung dafür geben können, dass sie von Karl Linkers Angehörigen so beurteilt wurde; er musste über sie in einer Weise berichtet haben, dass jene ein Recht zu haben meinten, sich derart abfällig auszudrücken … „Verworfenes Geschöpf …!" – Aber hatte sie ihm nicht auch Veranlassung gegeben, so über sie zu denken? Hatte er sie denn nicht bei recht erbärmlichen Unwahrheiten ertappt? Musste sie ihm nicht rätselvoll und im Charakter völlig unausgeglichen erscheinen nach den Unterredungen, die zwischen ihnen stattgefunden hatten und bei denen sie so oft zwischen mädchenhafter Weichheit und einem herben Stolz hin und her geschwankt war und sich fast so aufgeführt hatte, wie diese Hedda Gabler? – Hildegard dachte an ihr eigenes Schicksal, starrte in die rötlich erhellte Glocke der Petroleumlampe und sah dort wie aus

Abendnebeln, die der Sonnenuntergang gefärbt hatte, ein Gesicht erschien, männliche, doch recht weiche, angenehme Züge, gütige Augen, ein sympathisches Lächeln ...

Beide Flügel des Fensters standen offen. Davor hing der dicke Vorhang und sperrte nach außen hin nahezu jeden Lichtstrahl ab. Hildegard hörte plötzlich auf dem Kanal ein Geräusch. Sie sah nach der Uhr. Erst elf. Nein, die Erwarteten konnten es noch nicht sein. Da! – Das klang doch wie das Knarren von Rudern! Sie lauschte angespannt ... Und wieder das leise Knarren, diesmal etwas entfernter! Aber es war doch erst elf ...

Was hatte das zu bedeuten!? Leise erhob sie sich, drehte den Lampendocht tief herunter, trat ans Fenster, schlug den Vorhang zur Seite und schaute hinaus ... Ein kleines Ruderboot glitt kanalabwärts davon. Und dann eine Stimme rechts von ihr, es war Karl Linkers Stimme ... Er schaute aus dem Fenster und schien den lauen Abend zu genießen.

„Auch noch munter, Fräulein Hildegard?"
Sie dachte daran, dass er womöglich das von ihr erwartete Boot durch seine Anwesenheit verscheucht haben könnte.

„Ja, wie Sie sehen, Herr Assessor. Ich hab' vorhin Rudergeräusche gehört, ganz nah. – Wo kam denn dieses Boot her?"

„Von stromaufwärts", antwortete er. Sie atmete erleichtert auf, weil es also nicht Look gewesen sein konnte.

„Gute Nacht", sagte sie einfach und schloss die Vorhänge. Als sie ins Zimmer zurücktrat, fuhr sie leicht zusammen.

„Ich bin's nur", sagte Arnold spöttisch. Lautlos wie immer war er eingetreten. Hildegard drehte das Licht wieder hoch und wandte sich ihm zu.

„Sei leise!", mahnte sie ihren Bruder. „Der Assessor hat seine Fenster offen." Arnold lachte ironisch auf. „Na und? Er wird bald wieder außer Gefecht sein."

Sie blickte beunruhigt auf. „Was soll das schon wieder heißen, Arnold?!"

„Na ... ich hab' vorhin durchs Schlüsselloch geguckt. Da hat er ganz brav seinen Tee getrunken."

Hildegard trat einen Schritt auf ihren Bruder zu. „Du hast dich doch nicht etwa auf das eingelassen, was Look vorgeschlagen hatte?! Hast du tatsächlich dieses giftige Dreckszeug unter den Zucker gemischt?! Bist du jetzt endgültig von allen guten Geistern verlassen?! Was ist, wenn er nur einen einzigen Löffel zu viel davon nimmt?! Was dann, du Idiot!"

Hildegard sprach mit gepresst flüsternder Stimme. Mit geballten Fäusten stand sie dicht vor ihrem Bruder und starrte ihm wutentbrannt ins Gesicht. Der wich einen halben Schritt zurück. Der Respekt, den er seiner älteren Schwester gewohnheitsmäßig entgegenbrachte, war deutlich zu spüren. Doch er war nun in einem Alter, wo er sich dagegen aufzulehnen versuchte.

„Und wenn schon", meinte er achselzuckend. „Look will jedes Risiko vermeiden. Und das will ich auch. – Du etwa nicht?"

Für einen Moment sah es so aus, als wollte Hildegard ihrem Bruder ins Gesicht schlagen. Er zuckte sogar ein wenig zusammen. Doch sie wandte sich zögernd von ihm ab und ging mit müden Schritten zu ihrem Stuhl am Fenster und setzte sich.

„Es lohnt nicht, mit dir zu reden", sagte sie leise und fügte kummervoll seufzend hinzu: „Du tust mir ganz furchtbar leid, Arnold, weißt du das? Weil du so blöd bist, dass du nicht einmal mehr begreifen kannst, wie abgrundtief bescheuert du bist. – Was von dem, was wir hier tun, rechtfertigt es, einen Menschen auf dem Gewissen zu haben? Wenn der Assessor morgen früh nicht mehr aufwacht … dann gnade dir Gott!"

Nach einer Weile bedrückten Schweigens sagte Hildegard: „Wir werden heute nicht dort hinabsteigen. Damit ist endgültig Schluss. Ich hab' es Mutter fest versprechen müssen. Sonst will sie an den Magistrat schreiben, dass schon Vater diesen Zugang zu den unterirdischen Räumen entdeckt hatte. Die sollen dann offiziell entscheiden, ob sie weiter nach dem Schatz suchen wollen oder ob sie den Zugang endgültig verschließen. – Das werde ich heute Look und Drews sagen, noch bevor sie aus ihrem Boot aussteigen. Ich will mit diesen Leuten einfach nichts mehr zu tun haben! Nie mehr!"

Arnold stand reglos im Halbdunkel des spärlich erleuchteten Zimmers. Endlich ergriff er einen Stuhl, setzte sich Hildegard gegenüber und sah ihr gerade ins Gesicht.

„Ja, so soll es sein", begann er bedachtsam zu sprechen. „Denn alles was du tust, Schwesterlein ist doch in jedem Fall wohlgetan. Du bist so unglaublich klug, dass die ganze Stadt darüber den Kopf schüttelt. Deine … Geldbeschaffungsmaßnahmen haben unserer Familie ein solches Ansehen eingetragen, dass kein einziger vermögender Mann sich mehr mit dir sehen lassen kann, ohne sich der Lächerlichkeit preiszugeben. Muss ich dir eigentlich erklären, warum sich alle meine Freunde von mir abgewandt haben? Und was meinst du, wie unglaublich lustig das ist, Tag für Tag die Witzeleien der Arbeitskollegen zu ertragen. Ich kann einfach nicht mehr aufhören zu lachen! Ich kann kein Wirtshaus, keinen Laden mehr betreten, ohne dass hinter mir gelacht wird. Weißt du, was für ein großartiges Gefühl das ist? Oh, hab' ich mich eigentlich noch nie dafür bei dir bedankt, kleine Liebestäuscherin?"

Hildegard starrte stumm ins Leere. Es war ihr anzusehen, wie sie jedes einzelne Wort ihres Bruders wie eine Ohrfeige mitten ins Gesicht traf.

„Da wolltest du dir also einen reichen Kerl angeln", sprach Arnold unbarmherzig weiter, „und nun reicht es allenfalls noch für diesen mickrigen, armseligen Assessor von nebenan. Ja, mit dem könnte es bestimmt was werden, Schwesterchen; ich hab' gesehen, wie er dir auf den Hintern starrt. Wenn er doch nur bloß nicht schon verlobt wäre …!"

Hildegard rührte sich noch immer nicht, doch ihre starren Augen füllten sich nun mit Tränen bis zum Überlaufen. Arnold rückte seinen Stuhl ganz nah an Hildegard heran.

„Schwesterchen … Ich glaube, dir bleibt gar nichts anderes übrig, als heute wieder zusammen mit mir und den beiden Banditen da runter zu kraxeln …"

Im Nebenzimmer bei Linker saßen drei Männer in tiefer Dunkelheit. Nur die Zigarren glühten hin und wieder auf, wenn sie sie zwischen den Lippen hatten und sich der Rauch dann emporkräuselte. Vereinzelt fiel ein geflüstertes Wort.

„Hoffentlich hat Hildegard vorhin nicht Verdacht geschöpft", sorgte sich Trebitz.

„Ich glaube nicht", erwiderte Linker zerstreut. Bei seiner Heimkehr aus dem Büro hatte er eine Depesche von Harrichs vorgefunden: „Kommen morgen Mittag. Abholen. Lotte und Schwiegermutter."

Lotte war so gut wie ganz aus seiner Erinnerung ausgelöscht gewesen. Die Depesche ließ sie wieder wie ein Gespenst aus der Versenkung auftauchen. Wie ein ungebetenes Gespenst …

Der Assessor wusste, was ihm bevorstand. Seine liebreizende Schwiegermutter würde wie ein kollernder Truthahn auf ihn losfahren. Sein Brief musste bei ihr sicherlich wie ein rotes Tuch auf einen wutschnaubenden Stier gewirkt haben. Vielleicht hatte er sich im Überschwang seiner eigenen Empörung doch etwas zu raubeinig ausgedrückt …?

Nun also … Er wird bestimmt ganz ruhig bleiben. Jedenfalls wird er sich nicht unterkriegen lassen – niemals! Mochte auch die ganze verdammte Verlobung Schiffbruch in diesem Sturm erleiden; zugegebenermaßen … ihm sollte es recht sein.

Da! – Trebitz hatte sich lautlos erhoben, schlich zum Fenster, sagte leise: „Da kommen sie."

Lotte war auf einmal wieder vergessen, verschwand irgendwo, zerflatterte wie eine Gestalt aus Rauch und Dunst … Linker spürte, wie ihm ein seltsames Kribbeln durch die Adern lief, wie sein Herz schneller zu schlagen begann. Und von draußen ertönte nun die Uhr von St. Katharinen, zwölf dröhnende Schläge – Mitternacht – Geisterstunde …

Trebitz hatte sich hingekniet und den Vorhang soweit gelüftet, dass er durch den einen nur angelehnten Fensterflügel hinaushorchen konnte. Minuten der Anspannung schlichen dahin … Der Assessor atmete schwer. Die Erregung zerrte an all seinen Nerven.

Ob es wohl Reschke auch so erging ...? – Er beugte sich zu dem weißhaarigen Mann hin und fragte flüsternd: „Ist Ihnen besonders wohl zu Mute bei dem Gedanken an das, was wir vorhaben?"

„Doch! – Hildegards wegen", antwortete Reschke.

„Wie meinen Sie das?"

„Später – Sie werden schon begreifen."

Trebitz flüsternde Stimme war nun vom Fenster her zu hören: „Ich werde mal nachsehen, ob die Nebenstube leer ist ..."

Schemenhaft war zu sehen, wie er sich zum Fenster hinausschwang. Um den Nachen zu erreichen, musste er einen kurzen Sprung wagen. Der gelang einigermaßen geräuschlos. Nun stieg er über die Rudersitze, richtete sich auf und lauschte. Der eine Fensterflügel stand noch weit offen.

In Hildegards Zimmer war alles still ...

Wenige Minuten später standen die drei in dem ärmlichen Mädchenstübchen. Trebitz hatte für jeden eine elektrische Taschenlampe und auch eine Rauchmaske besorgt.

Die drei weißen Lichtkegel genügten, um Linker hier alles erkennen zu lassen. Mehr als einfach war die Einrichtung, sie war geradezu armselig. Und hier also hauste Hildegard ... hier, zwischen den gebeizten Fichtenmöbeln, den schmucklosen Wänden ...

Trebitz hatte die geheime Tür weit geöffnet. „Vorwärts, ich gehe voran ...!"

Die schmale Treppe führte zuerst etwa dreißig Stufen abwärts. Dann kam ein langes, fensterloses Kellergemach, in dem man noch deutlich die Stelle in der Mauer erkannte, wo die ehemalige Türöffnung vermauert worden war. Eine zweite, ebenso enge Treppe lief aus einer Ecke noch steiler als die erste in einem gewölbten Tunnel weiter nach unten, wo sie sich in der Dunkelheit verlor. Hier hafteten an den Wänden überall dicke Schichten weißlicher Schimmelpilze, und die Luft war so kalt, feucht und modrig, dass Linker in seinem dünnen Frühjahrsanzug zusammenschauerte. Bemüht leise, Schritt für Schritt, drang Paul Trebitz als Vordermann tiefer in diese unterirdischen Räume ein, die schon unterhalb der Keller des Mühlenhauses liegen mussten. Die Treppe bog dort nach links ab, also in Richtung auf den Mühlengraben zu. Dann erweiterte sich plötzlich der enge Tunnel zu einer meterhohen Halle, und hier waren die letzten Stufen fast vollkommen zerstört und zerbröckelt, so dass die drei Männer sehr vorsichtig über die Steintrümmer hinwegbalancieren mussten.

Trebitzs Lampenkegel fiel auf einen verwitterten, halb zusammengebrochenen Holzsarg. Leise sagte er: „Wir sind hier wohl schon in den Gewölben unterhalb von St. Barbara."

Die Luft war hier wie in einem Eiskeller. Trebitz strich ein Zündholz an. Es brannte mit ungewöhnlich hoher, spitzer Flamme.

„Sumpfgase!", meinte der Beamte mit unterdrückter Stimme. „Noch lässt es sich hier atmen. Aber setzen wir doch sicherheitshalber die Rauchmasken auf."

Die Rauchmasken ließen die Atemzüge der Männer leicht zischend hörbar werden. Sie schlichen weiter voran. Ein Bogengang führte in das Gewölbe hinein. – Trebitz blieb stehen. „Lampen aus!", war seine Stimme dumpf unter der Maske zu hören. Es war stockdunkel. In dem Gewölbe, dessen Decke von zwei Steinsäulenreihen getragen wurde, war nirgends ein Lichtschimmer zu bemerken. Die Schatzsucher mussten sich also in einem anderen Raum befinden.

Trebitz Lampe blitzte wieder auf, und er ging wieder tastenden Schrittes voran, hindurch zwischen uralten, modrigen Särgen, die ihren reichen Schmuckbeschlägen nach zu urteilen wohl die sterblichen Überreste wohlhabender Leubenecker Patriziergeschlechter bewahrten. Die steinernen Bodenplatten waren hier und dort aufgerissen. Schlammiges Wasser blinkte im Lampenschein zwischen den Löchern und Ritzen auf.

Trebitz zeigte bedeutungsvoll auf frischfeuchte Fußspuren, die hier stellenweise zu erkennen waren. Am anderen Ende des Gewölbes bemerkte der Beamte dann ein Stück Leiter, das über den Boden hinwegragte. Vorsichtig trat er an die viereckige Öffnung heran, an deren Kante diese Leiter lehnte, und spähte hinunter. Unten gähnte eine tiefschwarze Finsternis. Trebitz hakte die Taschenlampe im obersten Knopfloch seiner Jacke fest, schaltete sie aus und gab den beiden Gefährten mit gedämpfter Stimme zu verstehen, dass er zunächst allein hinabsteigen wolle.

Die Leitersprossen waren nass und glitschig von Schimmel. Trebitz ekelte sich fast, sie zu berühren. Als er dann den Kopf unterhalb der Deckenöffnung hatte, bemerkte er sofort in einiger Entfernung einen hellen Lichtschimmer, er sah auch Gestalten, die sich bewegten. Dieses untere Gewölbe schien bedeutend schmaler zu sein, es war auch viel niedriger als das obere.

Schritt für Schritt, immer erst mit dem vorgestreckten Fuß den Fleck abtastend, wohin er treten wollte, schlich der Beamte auf die Gestalten zu. Seine Lampe hatte er jetzt gelöscht. Sie hätte ihn nur verraten.

Plötzlich blieb er stehen. – Was war das ...!? – Da kamen ja zwei Männer auf ihn zu, die etwas Schweres zu tragen schienen, eine Kiste ...! Der Vorderste hatte eine Laterne in der Hand, die ein weißes Licht ausstrahlte. Und dieses blendete Trebitz so, dass er nicht genau sehen konnte, wer die beiden Gestalten waren. Dann hörte er – und sein Blut erstarrte förmlich in den Adern! – jemanden etwas schreien – gellend, überlaut ... Der mehrfache Widerhall des Gewölbes zerriss die Wörter, deren letztes so klang wie „Hilfe ...!"

Dass hier irgendeine Schurkerei im Gange war, wurde ihm sofort klar. Ein Griff nach der Brust, und seine Lampe flammte auf. Mit der Rechten aber hatte er in die Rocktasche hineingefasst, und beruhigend fühlten seine Finger das kühle Metall des Revolvers. Die beiden Gestalten waren beim Aufblitzen des Lichtkegels zurückgeprallt. Trebitz vermutete, dass er Look und Drews vor sich hatte. Auch sie trugen Rauchmasken. Sie standen jetzt anscheinend überrascht und ratlos da. Dann tastete des einen Mannes Hand nach der Schlüsseltasche seiner Arbeitshose ...

Trebitz ahnte, was jener vorhatte. Rufen, drohen wäre mit der Maske vor dem Gesicht unmöglich. Blitzschnell überlegte er sich das. Hier galt es rücksichtslos für die eigene Sicherheit zu sorgen.

Er riss die Pistole aus der Tasche und … Da! – Wieder ein Schrei … Es war eine männliche Stimme, das konnte wohl nur Arnold Kunert gewesen sein. Trebitzs Aufmerksamkeit war so einen Moment von den beiden Maskierten abgelenkt worden. Der eine Mann hatte nun ebenfalls den Arm erhoben, ein Feuerstrahl blitzte auf, und ein donnernder Knall hallte ohrenbetäubend durch die Gewölbe. Trebitz fühlte etwas wie einen Schlag seitlich am Hals … Nahezu gleichzeitig hatte sich sein Zeigefinger um den Abzug des Revolvers gekrümmt. Ein zweiter Schuss – ein kurzer Aufschrei, und der Mann, der zuerst gefeuert hatte, taumelte und fiel mit der Kiste zu Boden. Neben Trebitz, den die Kugel wohl nur leicht gestreift hatte, erschienen Linker und Reschke. Der Assessor sprang, in der Linken die blendende Taschenlampe, in der Rechten ein längliches Stück Steinplatte wie eine Keule haltend, ohne zu zögern auf den zweiten Mann zu. Der wich zur Seite, streckte zum Zeichen, dass er sich nicht widersetzen wolle, beide Arme empor.

Linker überließ ihn den beiden Gefährten, hastete vorwärts, immer geradeaus, hinein in das Dunkel, dorthin, woher Arnolds Hilferufe hergekommen waren. Da – vor ihm ein Haufen verfaulter Särge, Knochenteile und Kleiderfetzen, und daneben auf dem Boden zwei Gestalten, zwei Gesichter ohne schützende Masken …

Beiden waren die Hände auf den Rücken gefesselt. Mit Tuchstreifen, losgerissen offenbar von Hildegards blauem Rock. Hildegards Augen waren geschlossen. Sie hatte bereits das Bewusstsein verloren. Ihr Bruder stützte sich noch mit dem Ellenbogen auf ein paar der eklen, schmutzigen Sargbretter. Seine Augen, weit aufgerissen in namenlosem Entsetzen, stierten den maskierten Linker an wie einen Geist. Seine Lippen wollten noch Worte formen, aber schon sank auch sein Kopf matt zur Seite …

Der Assessor hob Hildegard empor und trug sie eilends davon. Er sah nicht, was um ihn her geschah, er wusste nachher nicht einmal mehr, wie er mit dem jungen Mädchen in den Armen schwer unter der Maske keuchend und halb zu Tode erschöpft bis hinauf in das kleine, ärmliche Stübchen gelangt war. Hier riss er sich endlich nach Luft ringend die Maske vom Gesicht, die ihn beim Atmen behinderte, nachdem er Hildegard auf das Bett gelegt hatte. Er zündete die Petroleumlampe an, öffnete das Fenster ganz weit und kehrte dann zu der Ohnmächtigen zurück. Ganz mechanisch hatte er gehandelt, wie ein Automat. Nun beugte er sich über sie und horchte nach ihrem Atem … Aber da war nichts! Er hörte nur sein eigenes atemloses Keuchen. Ihr leichenblasses Antlitz hob sich gegen die dunkelrote Steppdecke scharf in seinen Umrissen ab. Wie eine Tote sah Hildegard aus … Und da packte Karl Linker plötzlich eine furchtbare Angst. Nein! – Sie durfte nicht sterben! – Nur das nicht! Nur das nicht …!

„Lieber Gott …!", flüsterte er. Er griff nach ihrer Hand, fühlte nach dem Puls. Lange blieb er unbeweglich. Und dann … ganz matt spürte er ein leises Klopfen. Seine Augen füllten sich von einer Sekunde auf die andere mit Tränen. Sie lebte … Sie war am Leben …! Er wischte sich hastig übers Gesicht. Sein Blick glitt suchend umher. Da, auf dem Wandbrett … eine Flasche Kölnisch Wasser …

Nachdem er ihr damit die Schläfen, die Stirn, die Oberlippe befeuchtet hatte, lief es nun wie ein Zucken über ihr Gesicht … nochmals … Dann zitterten ihre Augenlieder und die Augen öffneten sich … langsam … immer weiter, bis ihr suchender Blick kurz sein Gesicht streifte. Sie schien verwirrt zu sein, angestrengt nachzudenken, was hier wohl geschehen sein mochte. Dann schien sie sich wie aus einer weiten Ferne zurückzufinden in die Wirklichkeit. Ihre Blicke trafen sich, lagen still und lange ineinander. Linker war unfähig, sich zu rühren. Er spürte, wie ihm noch ein Tropfen über die Wange rann. Mit einer hastigen Bewegung wie wenn man eine lästige Fliege verscheucht wischte er ihn fort. Hildegards Gesicht schien plötzlich erheitert aufzuleuchten. Mit leiser Stimme sagte sie: „Karl, du … Du bist hier."

Schwere Schritte und keuchende Atemzüge näherten sich auf der Treppe hinter der leicht angelehnten Geheimtür, die jetzt polternd aufgestoßen wurde. Zuerst kam Ernst Reschke daraus hervor, der sogleich, noch angestrengt schnaufend, zu dem Bett in der Ecke hintrat. Die Rauchmaske baumelte ihm vorn am Hals. Er lächelte erleichtert, als er sah, dass Hildegard lebte. Linker spürte den leichten Druck seiner Hand auf der Schulter. Jetzt kam Drews zum Vorschein, der den schwerverletzten Look schleppte. Er war völlig außer Atem vom Treppensteigen mit der schweren Last auf seinen Schultern und konnte sich kaum noch auf den Beinen halten. Hildegard hob ihren Kopf und konnte sehen, wie er den bewusstlosen Engländer von seinem Rücken hinab nicht gerade sanft auf den Fußboden gleiten ließ. Dicht hinter Drews war Trebitz ins Zimmer getreten, in der rechten Hand den Revolver, mit der Linken presste er ein Taschentuch auf die Wunde an seinem Hals, deren Blut seine Jacke über und über befleckt hatte …

Herzklopfen

Das alte Mühlenhaus hatte wohl noch nie eine so turbulente Nacht durchlebt wie diese. Ärzte und Polizisten gingen und kamen. Ein Krankenwagen fuhr vor. Frau Kunaths herzerweichendes Weinen mischte sich in die gedämpften Stimmen der Männer. Die Bewohner dieses und der benachbarten Häuser waren munter geworden. Einige versammelten sich in den wunderlichsten Nachtkostümierungen mit Mänteln und Jacken über gestreiften Schlafanzügen und geblümten Nachthemden und mit Hausschuhen an nackten Füßen in der Vorhalle oder vor dem Haus, versuchten zu erfahren, was hier denn wohl los war und – erfuhren nichts. Uniformierte Polizisten scheuchten die neugierige Herde bald recht energisch in ihre Behausungen zurück. – Erst als der Morgen zu grauen begann, kehrte wieder Ruhe ein im alten Mühlenhaus.

Hildegard lag in ihrem Stübchen im Bett und war nach einer Injektion, die man ihr verabreicht hatte, fest eingeschlafen.

„Sie braucht ein paar Tage Ruhe und Schonung", hatte der Arzt gesagt und: „… leichte Kost und viel klares Wasser, um das Gift aus dem Körper zu leiten."

Ihren Bruder Arnold hatte er ins Krankenhaus bringen lassen. Der hatte durch seine Hilferufe die Lungen zu stark beansprucht und dadurch mit den giftigen Gasen angefüllt. Er würde ganz gewiss durchkommen, hatte der Arzt der Frau Kunath versichert, doch er bräuchte eine spezielle Behandlung. Es wäre nur zu hoffen, dass der Junge keine bleibenden Schäden davontragen würde. Auch Trebitz war zur Wundbehandlung ins Krankenhaus gefahren worden, nachdem er den Drews seinen angerückten Polizeikollegen übergeben hatte. James Look wurde auf einer Krankentrage aus dem Zimmer gebracht. Der anwesende Arzt, der mit Hilfe von zwei Sanitätern lange versucht hatte, ihn wieder ins Bewusstsein zu bringen, hatte sein Gesicht vorher mit einem dunklen Tuch bedeckt. Ernst Reschke befand sich mit einigen Polizeibeamten in einem Zimmer der Kunathschen Wohnung und gab mit gesetzten Worten zu Protokoll, was sich in dieser Nacht in den Gewölben unter dem alten Mühlenhaus abgespielt hatte. Und Karl Linker saß wohl gut eine Stunde oder länger still auf einem Stuhl an Hildegards Bett, bis die Frau Kunath die Stube betrat. Linker erhob sich peinlich berührt, weil ihm in diesem Moment bewusst wurde, dass er sich hier doch eigentlich ganz unberechtigterweise aufhielt. Die Frau sah ihm mit ihren immer noch verweinten Augen offen und fest ins Gesicht.

„Gut, dass Sie da sind, Herr Assessor", sagte sie leise. „Ich hätte ihnen wohl einiges zu erzählen …"

Später am Vormittag saß Karl Linker in Reschkes Zimmer und genoss die Tasse des starken Kaffees, den dieser für ihn aufgebrüht hatte, um seine wegen der durchwachten Nacht ermüdeten Lebensgeister zu ermuntern.

Linker starrte eine Weile gedankenverloren vor sich hin. Dann sagte er: „Ich werde Ihnen so manches anvertrauen, was nur Sie ganz allein erfahren sollen. So hat es Frau Kunath gewünscht. Also – zunächst zur Aufklärung der gellenden Schreie, die Sie damals vor Jahren gehört haben; es waren die Rufe einer von Schreikrämpfen befallenen verzweifelten Frau, die ihren Gatten vergeblich immer wieder in hocherregten Szenen anflehte, von seinem kriminellen Gewerbe abzulassen. – Ernst Kunath war also ein professioneller Schmuggler. Er war sogar das Oberhaupt einer Schmugglerbande, die aus dem Freihafenbezirk gestohlene Waren versteckte und die illegale Einfuhr von ausländischen Seeleuten in Empfang nahm und die in den unterirdischen Gewölben der Barbara-Kirche ihren geheimen Lagerplatz hatte. Auch dieser Drews gehörte damals schon zu der Bande. Eines Tages las Ernst Kunath diesen bewussten Artikel über die alte Chronik in der Zeitung und begann nach dem Schatz zu suchen. Er hackte zusammen mit Drews und Kumpanen die Mauern auf, drehte die Steinfliesen um, sprengte sogar mit Dynamit widerspenstige Granitquader. Das waren die schweren Erschütterungen, von denen Sie mir erzählt hatten … Kurz vor Kunaths Tod entdeckten die Schmuggler den Zugang zu diesem unteren Gewölbe, in dem wir in der Nacht waren. Aber die Gase trieben sie immer wieder nach oben. An die Benutzung von Rauchmasken hatte noch keiner gedacht. Inzwischen war die Polizei der Bande auf die Spur gekommen. Die Schmuggler merkten, dass sie beobachtet wurden. Einer nach dem anderen setzte sich ab. Nur Kunath und Drews waren so unvorsichtig, dass sie noch einen letzten Versuch machen wollten, den Schatz zu finden. Kunath wurde dabei in der giftigen Luft bewusstlos. Drews schleppte ihn noch bis in das kleine Zimmer hinauf und machte sich dann selbst aus dem Staub. Die verzweifelte Frau Kunath erwähnte dem herbeigerufenen Notarzt gegenüber natürlich, dass die Bewusstlosigkeit ihres Mannes durch das Sumpfgas aus den tiefen Gewölben herrührte; der Arzt brauchte jetzt nur noch eins und eins zusammenzuzählen. Und weil Kunath noch in derselben Nacht im Krankenhaus eines unnatürlichen Todes starb, musste routinemäßig die Polizei verständigt werden. Die stand dann auch sehr bald bei Frau Kunath vor der Tür. Sie war von vornherein geständig und lieferte den Behörden die Schmuggelgüter aus, die sich in dem Versteck befunden hatten und die sie mit Hildegards Hilfe in die Wohnung gebracht hatte. Von der geheimen Tür und den Gewölben schwieg sie allerdings. Sonst hätte sie zugeben müssen, dass ihr Mann die Seele der ganzen Schmugglergemeinschaft gewesen war. Und das wollte sie um keinen Preis. Um den Namen des Verstorbenen nicht an den Pranger gestellt zu sehen, verpflichtete sie sich auch der Zollbehörde gegenüber, eine Summe allmählich abzuzahlen, die etwa der Geldstrafe entsprach, zu welcher Ernst Kunath voraussichtlich verurteilt worden wäre. So wurde die ganze Sache für die Öffentlichkeit unter der Decke gehalten. Frau Kunath kannte jetzt nur ein Ziel; jene Summe fristgerecht zu begleichen, damit das gesühnt wurde, was ihr Ehemann verbrochen hatte und damit sie als Mitwisserin und Erbin des Schadens seiner Machenschaften nicht ins Schuldgefängnis musste. Hildegard war es dann, die in ihrer Unerfahrenheit und Unreife auf den Gedanken kam, sich durch eine reiche Heirat die Mittel zu verschaffen, um jene Summe beizeiten begleichen zu können. So wurde sie, wie man weiß, die ... nun ja ... die Liebestäuscherin. Zu spät sah sie das Sinnlose dieses Planes ein. Doch ihr Ruf hatte bereits hinlänglich gelitten und ihr Vorhaben war somit passé. Und da machte sie der Drews mit diesem James Look bekannt, mit dem zusammen er die Suche nach dem Schatz wieder aufnehmen wollte. Und er überredete sie dazu, ihnen den Zugang in die Kellerräume durch ihr Zimmer zu ermöglichen. Dafür versprach er ihr einen großzügigen Anteil vom Erlös des Schatzes, falls dieser denn gehoben werden würde. Und so begann der Spuk hier im alten Mühlenhaus von neuem. – Um es gleich zu erwähnen, Hildegard war es nicht, die dem Landvermesser Gülden und auch mir das Schlafmittel in den Zucker gemischt hat. Ihr Bruder hat's getan, wie sie mir vorhin selbst beichtete. – Und nun heute ... ein tragischer Ausgang des Abenteuers! Ich denke da eben an Frau Nora Mendel, wie ich ihre Behauptung belächelt hatte, dass sie sich auf die Handdeutekunst verstünde. Die hatte dem Look doch tatsächlich prophezeit, dass er seine Sucht nach leichtem Gewinn eines Tages mit dem Leben bezahlen würde. Tja ... Nun muss ich wohl meine Meinung über die Mendel revidieren, jetzt, da sich ihre Voraussage als vollkommen zutreffend erwiesen hat. – Dieser Drews nun auch ... Was haben er und der Engländer sich bloß dabei gedacht, als sie die beiden Geschwister Kunath gefesselt und ohne

Rauchmasken dort unten dem sicheren Tod überlassen wollten? Wegen einer verschlossenen blechernen Truhe, die sie da gefunden hatten? Na ja, sie dachten natürlich, den millionenschweren Schatz gefunden zu haben, und sie waren wohl nicht bereit, ihre vermeintlichen Reichtümer zu teilen. Hildegard und ihr Bruder wären jetzt unweigerlich tot, wenn wir nicht genau im richtigen Moment ... Aber bedenken Sie nur: Wenn wir zu spät gekommen wären ...! Dieser Doppelmord hätte doch gewiss ein gewaltiges Aufsehen erregt und Drews und Look wären als Täter sehr bald in Verdacht geraten ... Einer der Polizisten, die mich über unsere eigenen Ermittlungen befragte, meinte vorhin dazu, dass die beiden Gauner wohl die Absicht gehabt hatten, mit dem Schatz und Looks Segeljacht das Weite zu suchen. Und welche Ironie des Schicksals! Diese Truhe, die von der Polizei heraufgeschafft und geöffnet wurde, enthält gar kein Gold oder sonst etwas Wertvolles, sondern lediglich einige Kirchengerätschaften aus Messing und Zinn ..."

Linker verstummte und saß da wie jemand, der sich eine Last von der Seele geredet hatte. Nun begann Reschke zu sprechen: „Was mich bei der ganzen Sache am meisten freut, ist, dass Hildegard rehabilitiert ist. Sie steht ja jetzt sozusagen beinahe wie eine stille Heldin vor uns; wie sie ihrer Mutter hat helfen wollen, die Schulden abzutragen. Ein großartiges Mädel, nicht wahr, mein Lieber?"

Reschkes Blick war in einer unerklärlich forschenden Weise auf Linkers Gesicht gerichtet, der nun unwillkürlich lächeln musste, wobei er heftig errötete.

„Was ist? Nun sagen Sie schon!", drängte Resche mit unverhohlener Heiterkeit. „Stimmen Sie mir etwa nicht zu?"

Linker schwieg eine kleine Weile und atmete dann tief durch, bevor er gestand: „Ich habe heute einen ganz abscheulichen Tag zu bewältigen, Herr Reschke. Gegen Mittag werden meine Verlobte und ihre Mutter hier eintreffen. Und ich muss denen klarmachen, dass ich die Verlobung lösen werde. – Du lieber Gott! Mich graust es jetzt schon, wenn ich an das Theater denke, das mich da erwartet ..."

„Ja, da müssen Sie wohl hindurch, mein junger Freund", meinte Reschke bedauernd, wobei sein Gesicht immer noch einen deutlichen Anflug von Heiterkeit zeigte. „Aber wenn Sie dann Ordnung in Ihre Verhältnisse gebracht haben, wie es sich für einen ehrlichen Mann gehört, wartet hier eine Etage unter uns eine großartige Belohnung auf Sie. Hab' ich recht?"

Linker ließ sich nun doch ein bestätigendes Lächeln abringen.

„Heute ist anscheinend ein Tag der Geständnisse und Enthüllungen", setzte Reschke das Gespräch recht launig fort. Er erhob sich, ging an einen Bücherschrank, nahm einen ganzen Stoß vornehm eingebundener Bücher heraus und legte sie vor Linker auf den Tisch.

„Da, sehen Sie mal, das sind alles Romane von diesem Semper Nemo. – Haben Sie von dem mal was gelesen? – Ja? – Na also! Dann werden Sie vielleicht auch wissen, dass Semper Nemo, zu deutsch ‚Immer niemand', das heißt also ‚einer, der stets unbekannt bleiben will', das Pseudonym eines Schriftstellers ist, der seinen wahren Namen bisher zu verheimlichen verstanden hat, so dass man schon in der Presse gemunkelt hat, dieser Semper Nemo wäre ein ... bekannter Adeliger oder Politiker. Und dabei ist er doch nur ein frühpensionierter Mittelschullehrer a. D. und ... steht vor Ihnen."

Linker blickte erstaunt auf. „Sie ... Sie sind dieser ..."

„Ich bin's, ich, der ... arme Abschreiber, der einsame Sonderling, ich, der hier in Leubeneck mancher ehrgeizigen Dame zu bescheidenem Ruhm verholfen hat, der den Blödsinn aus Novellen herausstreicht und sie druckfertig macht, der zum Beispiel von einer Frau Mendel bezahlt wird, eben weil auch sie nur zu gut weiß, dass ohne Ernst Reschke die Kinderlein ihrer Muse stets nur Missgeburten geblieben wären."

Linker war buchstäblich sprachlos.

„Weshalb ich Ihnen mein Geheimnis offenbare", fuhr Ernst Reschke fort, „hat erstens damit zu tun, dass ich Ihnen insoweit vertraue, dass Sie es für sich behalten, denn dieser Semper Nemo soll auch weiterhin für immer ein Niemand bleiben, und zweitens, weil ich Ihre Hilfe benötige und in Anspruch nehmen möchte, mein lieber Freund."

Hier machte Reschke eine Pause, um Karl Linker ein wenig Zeit zum Rekapitulieren zu lassen.

„Wenn ich Ihnen helfen kann", sagte Linker, „dann will ich das herzlich gern tun. Sie müssen mir nur verraten, wie …"

Reschke sprach weiter: „Also … Wie Sie sich sicher denken können, habe ich einen ansehnlichen Haufen Geld mit meinen Romanen verdient. Und bei meinem selbstgewählten, armseligen Lebenswandel habe ich kaum etwas von meinen Honoraren ausgegeben. Dieses Geld ist sehr gut angelegt und es wird mir absolut nichts ausmachen, wenn … Ich meine, nichts würde mich glücklicher machen, als der Frau, welcher ich seit so vielen Jahren in Liebe zugetan bin, die drückende Schuldenlast abzunehmen."

„Und was kann ich dazu tun?", wollte Linker wissen.

„Nun …", begann Reschke ein wenig zögernd zu erklären, „es wäre ziemlich unangebracht, wenn ich jetzt, nach dem, was in all den Jahren geschehen ist, einfach mit einem Geldkoffer in der Hand an Malwine Kunaths Tür klopfen würde … Sie verstehen. − Malwine soll das Geld unbedingt bekommen; sie braucht aber nicht … jedenfalls nicht gleich … zu wissen, von wem es stammt, denn sie würde es dann womöglich nicht annehmen. Also bedarf es hier eines kleinen Umweges. − Wie ja nun eindeutig und erfreulicherweise feststeht, gibt es zwischen Ihnen und Hildegart eine gewisse … Ach, was soll ich drum herum reden; Sie beide sind bis über die Ohren so sehr ineinander verliebt, dass die Luft zwischen Ihnen förmlich knistert. Da wäre es doch naheliegend, dass Hildegard, wenn sie sich mit Ihnen, Herr Assessor, verbindet, genau die lukrative Partie macht, die sie schon vor einiger Zeit angestrebt hatte und durch die Malwine … ich meine, ihre Mutter von den Schulden befreit wird."

„Oh, nein", sagte Linker amüsiert, wobei er abwehrend die Hände hob. „Sollte ich etwa tatsächlich auf Sie den Eindruck gemacht haben, ich wäre wohlhabend? − Nein, das bin ich ganz bestimmt nicht."

„Doch, das sind Sie sehr wohl, mein junger Freund", widersprach Reschke lächelnd. „Jedenfalls werden Sie es sehr bald sein, glauben Sie mir ..."

Karl Linker brauchte sich nicht auf den Bahnhof zu bemühen, um Harrichs in Empfang zu nehmen. Gerade als er sich kurz vor Mittag mit einer zuvor bestellten Droschke auf den Weg machen wollte, trafen zwei Eilbriefe für ihn ein, beide aus Barten.

Der eine war von Lotte; sie gebe die Verlobung mit Zustimmung ihrer Eltern auf, da Tante Gründling Karl mit dieser in vorigen Briefen erwähnten „verworfenen Person" neulich abends auf der Straße in sehr vertraulichem Gespräch angetroffen habe ... und so weiter. Linker atmete erleichtert auf und faltete den Brief zusammen, um ihn später zu Ende zu lesen.

Der zweite Brief war von seiner Mutter in auffällig stürmisch wirkenden Lettern geschrieben. Diese „Mehlhändler" bemühten sich, für Lotte diesen abstehohrigen Regierungsassessor Külz von Wetterstein einzufangen, der schon seit einiger Zeit mit offenkundigem Erfolg um Karls Verlobte herumscharwenzelte; man habe sich nun völlig verkracht und Karl täte gut daran, diese Emporkömmlingsblase tunlichst mit tiefster Verachtung zu strafen ... und so weiter.

So ließ sich Linker von der gerade eintreffenden Droschke zum Büro kutschieren und fühlte sich dabei wie ein König auf Reisen.

Als Karl Linker nach Feierabend voller Sehnsucht nach Hilde dem alten Mühlenhaus zueilte, begegnete er Paul Trebitz, der mit einem sehr vornehm aussehenden Herrn von der Katharinenkirche daherkam. Trebitz trug einen dicken Wundverband unter seinem offenen Hemdkragen, schien aber sonst nicht weiter durch seine

Verletzung beeinträchtigt zu sein. Er stellte dem Assessor seinen Begleiter als den Leiter der Leubenecker Kriminalpolizei, vor und fügte sogleich hinzu: „Ja, mein Freund, ich werde die Stelle des Kriminalwachtmeisters Hübner übernehmen. Ich werde also meinem geliebten Hafenviertel erhalten bleiben."

Linker gratulierte herzlich, verabschiedete sich aber recht eilig und lief weiter.

Zu seiner Überraschung fand er Hildegard bereits im Vorderzimmer in Frau Kunaths Lehnstuhl sitzen. Bei seinem Anblick lief ein strahlendes Leuchten über ihr blasses Gesicht. Die Abendsonne schien durch das hohe Fenster und tauchte den Raum in ein märchenhaftes Licht. Und Linker stand unbeweglich in der Tür und konnte sich nicht erinnern, jemals in seinem Leben etwas Schöneres gesehen zu haben.

ENDE